暮らしと傾聴

遠藤忠雄

けやき出版

まえがき

あの東日本大震災から今年で満五年。常識を覆す熊本地震が四月に起きました。十四日の地震に続き十六日に阪神大震災級の地震が襲ったことで、気象庁は夫々を「前震」「本震」と呼び方を変えましたし、余震さえも大きなものを含み一週間以上も続きました。流れる歳月の中、地球のどこかで大規模災害が発生し、人類をそのたびに困らせています。この二月、台湾の高雄市を震央とした台湾南部地震が発生したとき、日本国内の様々な団体や個人が救援事業を後押しするために力を注ぎました。それは日本が被災したときに台湾の人々から受けた恩への「恩返し」の意味もあったでしょうが、「恩送り」の意味かも知れません。恩返しは、恩を受けた人が恩人に直接恩を返すという特定の対象がありま す。が、「恩送り」は、寄付を匿名でするなどのように、社会や個人に恩を返すことで、親が受けた恩を子供が恩人に返すことなども指します。

この本は言わば恩送りのつもりで書きあげたものです。

日常の暮らしの中で傾聴ボランティア活動をして、話し相手から気付かせて頂いたことや、自分の失敗などもそのままお伝えします。

「傾聴」は、特別なことではありません。社会人が先生について何かの習い事をするとき、自分の稼ぎで受講する場合は講義に集中して聴くでしょう。無償で受講する場合には傾聴力に欠ける人もいます。その差が生じるのは、能動的であるか否かであり、「聴く」と意識して授業に臨んだかどうかです。人の話を聴くことは日々の暮しの中にこそあるものですから、「話を聴くスイッチ」を強く意識してオン・オフして頂きたいのです。

本から得る知識としては、その要点が箇条書きにしてあって、解説が加わっている方が良い場合もありましょうが、本書は普段の生活から感じたことともに、時折ボランティア活動に出かけた先での様子を記しました。そこには様々な問題が内蔵されていますので、読者の日常に照らし、何が良くて何が良くないのか、人間にとっての幸福とは、どういうことなのかなどと、ご自身の傾聴指針の参考になればと願うものです。

人に話を聴いていると、人夫々に幸せの尺度は違っても、自分のなすべき行為を知り、確固たる信念を持って人のために尽くしてきた人の顔は、多くが柔和に見えました。俗に言う「いい顔」をしているのです。ご本人が気付かないとしても、それは恩送りの積み重ねの結果なのだと私は考えます。

デイサービスや特養などの高齢者施設へ出かけて最近目にするのは、ぬり絵をしている人の姿です。聞けば手軽にできるレクリエーションだからであり、手や脳を使うことによる頭の体操であり、アンチエイジングだとも言います。

ぬり絵は、高齢者専用というものでもなく、本屋さんでの購入者は主婦層が多く、子供用にしたり、自分用にもするようです。また、出版社等が企画するぬり絵コンテストが、回を重ねているところもあります。

その時流に乗っている、色鉛筆画家&イラストレーターの河合ひとみさんが、本書中扉に季節を描いて下さいました。

ご自身のぬり絵として、彩色をお楽しみ頂ければ幸いです。

遠藤忠雄

暮らしと傾聴　目次

夏から秋へ

秋から冬へ

＊印は初出「月刊傾聴ボランティア」二〇一一年五月号～二〇一六年三月号

カバー画　石井　千歳
イラストレーション　河合ひとみ

冬から春へ

俺の縄張り、あんたの縄張り

年が明けて最初の日曜日。

東京駅丸の内南口前の中央郵便局が生まれ変わって出来た、KITTEに用があって行ったときのことです。

上階から降りてきて一階にある郵便局で、開封のまま持ち歩いていた手紙を投函しようと、局で糊を借りようと立ち寄りました。

入口を入ると左側に、小机があって若い男性が一人座っていたので「糊を貸して頂けませんか」と尋ねると「郵便局の人に聞いて下さい！」とつっけんどんな答え。

そこでそのカウンターというか、机がツーリスト・インフォメーション・センター（TIC）のデスクであることを小さな立て看板で認識しました。

やむなく、自分で探すと、その男の五メートルほど左後方に、普通の郵便局でも見かける台があって、その上に糊があるでは、ありませんか！

では、普通の旅行者はそんな問いをしないのでしょうか？

いや、質問はもっと多岐に渡るでしょうね。早い話TICの職員は国土交通省の観光庁か、その関連機関の公務員でしょうから他人の領分には踏み込まないということなのでしょう。

でもそれはおかしな話で、ツーリスト・インフォメーションとは何のため誰のためにそもそも配置されているのでしょう?

「他人様のために」という考えの微塵も感じられない応対に、新年早々とてもがっかりしたものです。

いやぁ、こんな話がごろごろと今年もでてくるのでしょうが、時には誰かに聞いてもらうこととしよう。

（二〇一五・〇一・〇四）

伝言はできません

携帯に見慣れない番号の着信があって、どうしようかと躊躇していると切れてしまい、今度は階下の固定電話が鳴っている。出てみると区の社会福祉協議会から委託を受けたと言うT氏からで、アンケート調査に関する日時の打ち合わせの電話だった。

　予定を手帳に記入しようとして、その日に先約があることに気がついて、慌てて変更の依頼をするため、着信記録を見た。かかってきた番号へ折り返すと「〇〇でございます」と出たので、「Tさんをお願いします」と伝えると、「Tさんだけでは、沢山いますので判りかねます、下のお名前か内線番号が判りますか？」。

　さて困った。そう言えば事前に書面をもらっていたな、と思い当たり子機を耳に当てたまま探し当てた手紙から名前と内線番号を伝える。

「生憎とこちらお話し中のようですが、もう一度おかけ直し頂けませんか？」と言われ、暫く待つことにした。さほど長い時間ではなかったが「未だお話し中ですが」と言うので、「では、お言伝頂けませんか？」と問うと「こちらでは、お言伝は伺っておりません」と言うではないか！　その内容も聞きもせず即座に「お言伝はできません」と言われて頭の中でカチンと音がした。「では、その部屋か近所に内線電話はないですか？」と食い下がった。

　交換手から返事のないまま十秒ぐらい経ったろうか、「はい、Tですが……」と応答が聞こえて来た。繋がったではないか！　と思いつつT氏と要件を済ませたから良いものの、後味の悪さが残った。

T氏のいるビルは地上十二階地下二階建の建物で、地方独立行政法人が運営している、病院と研究所の二本立ての施設である。その中の電話交換室やその係がどんな配置、どんな人数で業務をしているのか知る由もない。しかし、Hospital と同じく Hospitality の語源とも言われる Hotel のかつての従事者には、その想像はつく。

果して組織として「交換室の係は伝言を受けてはならない」と本当に規定しているのであろうか？　その係はその法人と同じなのか、あるいは業務の受託者であるのか、その形態がどうであれ、地域に開いた窓口の一つはその法人を代表してことに当たっているはずである。

相対した感触では、嫌なことや面倒を避けたい個人的な判断が先に働いていたように思えてならないがどうだろうか。

（二〇一五・〇一・〇九）

クレームをつけるときの戒めに

大韓航空の女性副社長が、自社の飛行機に客として乗った折、社員のサービス具合をチェックするつもりだったろうが、ナッツの出し方がマニュアル通りでないとして担当者を叱り、責任者を動き出した搭乗機から下ろした事件があった。立場上からしたとしても、上から目線であったことは否めないだろう。

普通の生活をしていても、我慢してしまう人もいるかも知れないが、言うべき必要性があると自分で判断すると、私も時として苦情やら意見を当事者に伝えることがある。

前記のような結果を招かないようにそれなりに自分で注意をしている点があるが、全く同じようなことを先日ラジオで聞いた。いわばクレームをつけるときの自己への戒めである。その趣旨は概ね次のようである。

定年退職後の世代の人にとっては、会社や商店、官公所に至るまで苦情受付の窓口となる人たちは、大抵クレーマーよりは若い。従って経験も浅いし、時代感覚も違うから、先ずそのことを承知して苦情を言わなければならないのだ。

同時に係の人は、自分にとってのかつての部下ではないし、教え子でもないが、時として教育的な見地から「教えてやろう」という考えが先立ってしまう場合があるのだが、それは程々にするべきことなのだ。

昨今その種の電話をすると、〇〇については1を、××については2を、などと言って先ずはコンピュータによる音声案内に導かれ、その後やっと人間が応答するようになっている。やっと窓口に出た人に、長々と高説を垂れることになるのだが、その種の電話をかけるのは自分だけでなく、自分が待たされたのと同じように、誰かがその陰で待たされているることになるのだから、必要なことを要領よく手短に伝えることである。

大韓航空の場合もそうであったが、キャビンアテンダントが自分の会社の役員に逆らえる立場ではない。逆らえない人に更にぎゅうぎゅうと追いつめるようなことをしてはならないのだ。それは最早教育でもないし、適切なクレームでもなく、自分の優位性を背景にした虐めなのである。従ってそういう行為は自分の価値を下げる以外の何ものでもない。

一寸の虫にも五分の魂があるのだ、逃げ道を作っておくことこそ、優しさというものだろう。

（二〇一五・〇一・二〇）

意識の傾聴・無意識の傾聴＊

誰かを介護する人は、介護に専心するあまり自分の楽しみや健康上のことさえ二の次にしてしまいがちです。

そういう人たちにとって、あちこちに出来ている介護家族支援の会は、悩みを話したり情報を得たりと、一息つける救いの場になっているようです。区内に七カ所あるそれらの会が、ネットワークとして連携し相互に役立とうとする組織作りのための会合を重ねています。その結実の形として近い日に「コミュニティカフェ」が、オープンできそうです。そこは認知症の方はもちろん、介護者を含む地域の誰もが気軽に立ち寄れる喫茶店であり、溜まり場として、交流の場として役立つものと思います。

その種の先駆けの一つでＮＰＯ法人・アラジンの運営する「ケアラーズカフェ」を、区の職員と支援グループの代表者がお訪ねし、立ち上げについて学習してきました。

今月の例会は、これらの事を含んだ報告事項が多くあり、本来のように「聴く」ことに時間を割けなかった嫌いがありましたが、前述のカフェがオープンすれば、そこに傾聴ボランティアの新たな活動の場も開けると期待しています。

そんな中、印象に残ったのは実母を介護しておられるA夫人のお話です。暮れも押し詰まったある日、認知症の母親が自宅で転倒して頸骨骨折で入院されたとのこと。

首を固定された様子を想像するだに、入院中の不自由さが思いやられます。自分の置かれた状況が把握できない母親の認知症の進行度合いから、ベッドの生活が主となる入院生活にメリハリを付けようと様々の努力をされたそうですが、反応はいま一つだったそうです。どうしようもなくて、母親の手を包み込むようにしてさすってあげると、「わぁ～温かい！」と声を出して喜んだそうです。

「それからは、声をかけるときには、肩や背中を大きくさするようにしています」と付け加えられました。

この話を聴いていた世話人の一人が「それって、タクティールケア（優しく触れ合い癒されるタッチケア）って言うんですよね。区の企画で来月その講座がありますよ」とチラシを見せてくれました。

Aさんは無意識のうちに、未熟児のケアのためにスウェーデンで発祥したと言われ、今では認知症ケアに効果を発揮するという方法を、実行していたのです。

このように多くの介護者が、ご自身のこころを開いて、介護の様子を赤裸々に話して下さる場になっていることを嬉しく思います。

シンポジウム「脳の世紀」に昨年参加した仲間から例会後に頂いた資料に、作家の玄侑宗久氏の「からだの言い分」という講演記録があり、その一部に次のように書かれています。

「……ふだん意識していることも、鍛錬して身についてしまえば無意識でできるようになる、それは自然の拡張だと考えています。意識ですることから無意識ですることに、いろんなことを移行していきます。無意識でできることが増えてきた状態が、その方の人品骨柄にもなります。

意識的である部分にあまり美をみないのが、日本人の美学です。無意識でこうしている、こうしてしまっているというところに、人としての魅力もあるのではないか。ということは、やっぱり、前頭前野に宿る意識から始まるしかないのですが、その意識する方向への努力を繰り返すことで、身についていくんですね。そこまでいって、本物です。

……」

そう言われてみると、傾聴ボランティアたちは、活動の歳月を重ねた今、傾聴・傾聴とほとんど言わなくなりました。Aさんが無意識に母親にタクティールケアをしていたのは、本物の介護者の証であり、傾聴ボランティアはそのノウハウを常に携行して、意識と無意識の間を行ったり来たりしながら無意識の領域を拡張し、夫々人品骨柄を磨く素晴らしい仲間なのです。

（二〇一四・〇一）

漏水侮るなかれ

去年十一月の水道検針で「漏水しているかも知れませんので工事店で点検してもらって下さい」との指摘を受けた。直ぐにA社にお願いしたが十日過ぎても来宅せず、もう一度連絡すると「すみません、子供が入院しまして」と謝られて一月ほど待ったが、三度目の電話をする気になれず、B社に依頼した。漏水を示す量水器のセンサーが確かに回転しているので、工事に来てくれるまでバルブを閉めて外出していたが、面倒この上ない。

B社から聴音棒を携えてやってきた担当者が見つけたのは、トイレ用タンク内の不具合と、台所の床下で地中に埋もれた塩ビ配管の分岐結合部分に発生したピンホールだった。

バルブを開いて見て流水試験を終え、夫々の蛇口を止めても未だセンサーが動いているではないか！　時間切れとなってその日は終了し、後日再調査になった結果、公道下から取水し、量水器を通った後、配管は分岐していて、二つのトイレの一方に単独で給水管が延びていた。植木をかわして土を掘ると明らかに土が水分を含んでいる。

土を除けると糸を引いたように水が飛び散っていた。締めて工事費十万円弱。それでも漏水で過払いをしていた分を考えれば一年で元がとれることになる。あの検針日に指摘してくれた女性の係員に感謝せずにはいられない。

家庭の漏水を小事と言えるのは、他人事と考え財布が痛まないからである。日本中に張り巡らされた水道管からどれ程の漏水があるだろうか、それを大事と捉えれば修理は、急がねばなるまい。

漏水と言えば、福島第一原発の2号機建屋の一部に溜まった雨水から高濃度の放射性物質が検出され、それが港湾の外海に流れ出ていたと二月二十四日に東電が発表したことは、実に重大と言わねばなるまい。

それだけでなく、東電はこの事実を知っていながら「原因が判明してから公表しようと考えていた」と釈明している点が問題なのである。

二度あることは三度あるで、こういう手法で国民に事実を隠ぺいしていくのである。それにも拘らず、あちこちの原発の「安全性を確認」という作業を盾に、次々に再稼働を始めようとしている人たちがいるのも事実だ。除染した土の最終的行き場すら未だ決定されていない。順序が逆なのだ。安全性が担保されないのに走るには覚悟が必要で、覚悟なくば、やるべきではないのだ。

ささいなことに見えて大きなことであり、大きなことに見えて、ささいなことなのかも知れない。が、共にバカにしないで対処には全力を尽くすことだ。

（二〇一五・〇二・二五）

傾聴を考える身近な素材

幅二メートル程の歩道を、幼児と二十代後半と思しき若夫婦が三人で、手をつなぎ道いっぱいに広がり、おしゃべりしながらやって来たので、どちらへ避けようかと私は迷って、歩を緩めました。中央の父親に手を取られていた男の子が、歩道の隅に設けられた掲示板の鉄柱に「ゴン！」と頭をぶつけて「うわっ」と声を上げると、立ち止まって突然泣き出しました。夫婦はともに「あっはっは！　アッハッハ！」と子を脇に置いて、転げまわるように笑い出しました。「お前が前をよく見て歩かないからだよ」と言う声を聴きました。善意に見れば、衝突したが怪我をしなくてよかったと、瞬時の判断での安堵感が緊張を解いて、笑いを誘ったのだと感じました。それは最寄り駅への途上で目撃したある日の情景です。

また、今年二月二十二日付の読売新聞人生案内の欄に「後ろ向き、話の腰を折る母」の題で、次の問いが載っていました。

30代の会社員女性。母は、私が話しかけても最後まで聴かず、話の腰を折るようなことを言います。だんだん嫌になってきました。昔、ホームステイで留学して帰ってきたら、「あちらの人も結局はお金儲けなのよね」と言われて、楽しい気分が一転、落ち込みました。私は、以前からある傷を治そうと努力しており、「でもやっぱり痛むんだ」と話すと、「いろんなことをやり過ぎなのよ」と言われました。「大丈夫？」というひと言があれば、こちらもうれしいのに。話しかけても、後ろ向きのことしか言わないことは、分っています。

それでも聴いてほしくて話すのですが、やはり予想どおりなのです。母のコミュニケーション能力の問題なのでしょうか、それとも私が期待しすぎなのでしょうか。母とは違うと思っても、自分が母親になったら同じことをしそうで、なりたくありません。

依頼されていた傾聴についての講座用に、題材を探していた私はこの二つをその主軸に据えて話すことにしました。三寒四温の寒い日に訪れた会場は、区内の大学病院前に構えた大きな調剤薬局です。講座は、薬剤師・医療事務者など接客に携わる人たちが、この春地域に「介護者のためのカフェ」をオープンさせるための、準備作業の一つです。

早速この人生案内をOさんに声を出して読んで頂くと、それは見事な朗読で、そこの人たちの知的レベルが推量されました。事前にお届けしておいた資料「聴く技術の要点」に照合して、相談者よりそのお母さんが傾聴を知っていれば、娘さんの相談も不要だったかも知れないと、容易に解ったようです。即ち、話の腰を折ることは、受容的に聴くことができていませんし、相手を主役にするための自己抑制もされていません。「『大丈夫？』という一言があればこちらもうれしいのに」と娘さんに言わしめているのは、話し手の気持ちで聴いていないからでしょう。薬局などであり得る会話として、患者が「まだ週に一度しか外出できません」と話したのなら、「そうですか、週に一度外出できるようになりましたか！」と、肯定的に伝える方が希望を与えるでしょうなどと、身近な事例を使いました。

前述の若夫婦の子供への対応は、傾聴を知っている人なら、子供さんを抱きしめて「わあ、痛かったね！」という受容的表現をするに違いないのです。耳で聴く以外の言語外言語の例として話したかったのですが、定められた時間内に収められず、下手な講師を立証してしまいました。間もなく開かれるカフェでは、傾聴の心構えをしたスタッフが、飲み物を用意して、訪れる介護者を温かく迎えるでしょう。

（二〇一六・〇二）

彼岸

春秋の彼岸が巡って来ると頭を悩ますことがある。それはどんな順序で墓参りをするかという、予定の組み方の問題でもある。病床の人や、動いている計画やイベントを先行させると、それは往々にして後回しに成りがちなため、意識して組み入れる必要がある。

この春も優先順位は二転三転。真冬の先月から、多くの入所者が風邪のため面会が謝絶となっていた施設から家内の母親の容体がすぐれないとの知らせが入った。出かければ泊りがけにならざるを得ないが、九十二歳の高齢を考え併せて、義父の墓参を兼ねての見舞いを最優先にした。一月余りの外部遮断による生活が、こんなに体力を衰退させるのか、と思うほどで義母の声は弱弱しかった。

戻った翌日は、認知症の家族支援の会へ足を運ぶことになっているが、そこに顔を出す人たちこそ、苦闘の日々を過ごしていることを思えば、その予定をスキップするわけにもいかない。同窓生から誘いを受けていた友人の展覧会は、日時の約束をしてしまうと不都合が生じる懸念から、行けると判断した日に一人でぶらりと行くことにした。

いつも後回しにして行けず仕舞いになる生家の墓参は、パーキンソン病と格闘する末妹の病状から、見舞いと併せてこの春は外せない。年々田舎が遠くなる理由は、自分の視力や体力の衰えから首都高を運転して行くことが辛いし、田舎のバス路線もなくなり、半島の端に行く鈍行電車が便利でなくなったことによる。レンタカーという手もあるが、亡くなった弟の嫁さんが行くと言うので、下車駅から彼女の車に便乗した。道すがら荒廃した生家に立ち寄り、姿を写真に収める。祖父名義の土地家屋を、相続裁判で「俺が使う」と主張して取得した叔父は既にこの世を去ったが、こちらが想像した通りの結果を見ると、実態を見ない裁判官の裁定が不合理だった、としか言いようがない。

墓所は思いがけなく、綺麗に清掃されていて、誰がしてくれたのか不思議に思って妹に聞くと、生家の隣の子供さんがその時期にボランティアでやってくれているとのこと。ありがたいことであり、後で電話して礼だけでも伝えよう。

市営霊園へと分岐する道の傍に末妹の嫁ぎ先があり、その隣は高校時代の友達の家である。待っていた妹は薬が切れたせいか、歩行が困難で腹這いで移動する。全ての介護を旦那がしてくれているので、その手を煩わせないように近くの道の駅で彼岸らしい昼食を調達して持参し、暫くぶりで会食をした。

幻視、幻聴に加え体力の衰えた妹を見るのは忍びないが、前向きな伴侶に恵まれた妹は幸せに見える。二人には幾重にも感謝を重ねたい。

年齢順に訪れるなら、今年白寿になる前妻の母親の元を最優先すべきだが、耳は遠くなったものの元気度では、前二者よりも優っている。

デイサービスに行くよう勧めても敢然と断り、屋敷内の畑や裁縫箱を友とする生活を選ぶ義母を、今春は最後に回せたことは喜ぶべきことである。

その前に家内と我が家の墓に参る。既に花が供えられているから、嫁に行った娘が中日に来たのであろう。続いて前妻の姉夫婦が眠る松月院へ。一木二色の木蓮が満開で迎えてくれる。前日に従兄弟夫婦でも来たのであろうか、気配が残っていた。

同じ墓地にある、次郎物語の作者下村湖人の墓は彼岸参りの跡も見えないので、ついで参りだが線香を手向ける。花粉症の影響を避けたい家内は、霊感も強いようで墓参の連続は疲れると言うので家に残し、午後は一人である。

前妻の先祖の墓に詣でたのち、ようやく義母の家を訪ねて仏壇で合掌。

それでも未だ行ききれていない墓所もあるし、訪ねたい係累もいる。自己満足かも知れないが、墓参りに行けば自分の心が静まり安寧を得る気がする。

そう考えると、何が原因で墓嫌いなのか墓参の姿を一度も見たことのない我が親戚縁者もいるが、人夫々の心の問題であり、咎めだてすべき話でもない。やがて訪れるお盆には、この順序も大幅に変わるだろうが、いつまでこの習慣を保てるかそれが疑問である。

（二〇一五・〇三・二二）

一通のはがき

ある方が、修正液を使用して書きなおされたはがきを受け取った。直ぐ、差出人に「二度と私宛にこのようなものを出さないように」と返事を送ったと、手紙やはがきにまつわるエピソードの一つとして、マナーの先生が今朝のラジオで話していた。

手紙の類いは、マナーを守って出すとなると結構神経を使うが、慣れてしまえばそれ程のことでもない。発信側が充分心を尽くしたとしても、受信者の立場からは不満の残ることもあるだろう。それでも大抵は、両者が相手への想像力を働かせれば理解可能なことだろうと、私は信じたい。

昨日、ダイレクトメールや通知書に混じって一通の嬉しいはがきを受信した。官製はがきだが、さくらの季節用にと郵便局で一枚八十円で売っている、通用額面五十二円のはがきである。

宛名面は縦書きで万年筆のブルーブラック文字。郵便番号のあとは、区名町名と続き、その番号を書くことで都道府県名を省略できることをちゃんと心得ている人なのだ。

達筆である。差出人は〇〇出版何某、とある。

裏面は右上と左下にソメイヨシノがプリントされ、その画に文字がかからないよう、指定されたラインに沿って横書きで認めてある。

良い本に巡り会ったので、その旨を記し読後の感想と共に出版社のアンケートを送付したことに対する返書だ。

拝復
この度は、弊社の本を
お買い上げ頂き　また読書ノートを
お送り頂きまして、誠にありがとうございました。嬉しく拝読させて頂きました。
草市さんの随筆集を出版して10冊目になります。いつもの通りにつくりましたが、
思わぬ反響に著者も私も驚き、
しばし幸せを味わって

おります。　愛読書の一冊に
お加え下さって本当に
　　ありがとうございます。
何度も読み返しております。
　　　　　　　　　　かしこ

よどみなく書かれて非の打ちどころのない、とはこのことを言うのだろう。こんなに見事に書けないが、一通のはがきといえども、誠意を込めて書きたいものである。

（二〇一五・〇三・二四）

ぼくのおじさん

おじさんやおばさんを漢字で書きわけることは、漢字文化を習うとその利点が分かるが、段々とそういう区別のできる人が少なくなっている気がする。

父・母の兄には「ハクフ即ち、伯父」と書き、弟には「シュクフ即ち、叔父」とする。ややこしいのは、年少者が年輩の男性を親しみを込めて呼ぶ場合も「小父さん」だが、文字は別にある。年をとった男を呼ぶなら「老爺」である。

私には、父方の叔父が三人いて二人は戦争で犠牲になったので、写真でしか知らない。母方の叔父は一人だが、どちらのおじさんも、おばさんもみんな大好きだった。但し、一人を除いてはの話だが……。

父の弟のY叔父が相続を有利にしようと、土地家屋の固定資産税を母に代わって納付していることに気がついたのはだいぶ経ってからだった。婿に入った先の家がありながらも、相続したら実家に住むと言う、叔父の主張を争点に裁判で争った。が、結局私を含む他の相続人も、農業をしていない者が田畑を相続するという、不合理な裁定ではあったが、それで決着した。

以降、その叔父の家族と十一人もいる相続権者は、誰もがオジと断絶している。

実は、この話の主題はおじさんにあるわけでなく、「僕」の方にある。それはつい先日読了した『方丈記』の中に「僮僕」という言葉があって、僮僕の僮は童であり、僕はしもべであるから、その文意が子供の召使だと気が付くと、急に小学生の頃みんなが「ぼくのおじさん」と言っていた人のこと思い出した。あれは、誰それのおじさんではなく、早い話、「小使いさん」と言っていた言葉と同義語だったのだ。小学四年生までの子供が通っていた田舎の小さな分校の「用務員のおじさん」のことだったのだ。行政は村と村が合併し町になり、町と町が合併し袖ケ浦市になった。

言葉も時代と共に流れるものであり、一人称の「僕」も「ボク」以前は同じ僕を当てて「ヤツガレ」などと言ったが、今はそんな言い方をする人もない。言葉の流れを示す典型語の一つとして、若者が使う「やばい」がある。食べ物を口に入れて「これ、やばいよ！」と言えば、私の世代は不都合や危険な状態と認識するが、使っている人は「おいしい！」という気持ちで使っているらしいから、「ぼくのおじさん」式な疑問を持ったまま時代を過ごす人が出ないとは、言い切れまい。

ましてや、先のような変なおじさんがどこかに今後も出現しないなど、志村けんでも気がつくめぇ！

（二〇一五・〇三・三一）

傾聴ボランティアのSOS！＊

特別養護老人ホームで傾聴ボランティアをしている知人が、その施設から永年の活動を称えられて感謝状を頂いたと、本人から仲間宛にメールでその喜びを伝えてきました。その施設へ別の企画でイベントを持ちこんだのは更に先輩格のボランティアで、私もその計画の盛り上げ役で参加しました。内容はもったいぶって伏せておきますが、それから中二日置いて再びそのホームで、本来の傾聴ボランティア活動に参加しました。

その日は「早春賦」の歌のように春は名のみで、未だ風の冷たさが残り参加ボランティアもわずか三名でした。

エレベータを降りてロビーにたむろしている入所者に会釈をしながら、会場に歩を進めるのはいつもの光景です。

会場に入る前にロビーでAさんに手を掴まれました。自分で車いすを操って会場に向かっていましたので、自然の流れで彼女の車いすを介助しながら、会場に入りました。L字の位置に座って、持って行った本を素材に話を始めましたが、掴まれた右手に更に力が入るのを感じると同時に、持ち上げられた手は彼女の口元に持っていかれて、チュウチュウとキスの嵐がやってきました。それは段々と激しくなって舐めまわされた手が濡れてきました。この歳になって、突然女性におそわれるとは思ってもみませんで、手を振りほどくと、熱くなった眼差しがこちらを射すくめます。同時に今度は彼女の左手が、こちらの太ももから局所へと伸びて人目を憚ることなく、さすり始めたのです。唖然としていると、車いすから立ち上がらんばかりにして、今度は私の顔をめがけて恍惚とした顔の唇がどんどん迫ってくるのです。こんな対処の仕方は講習で習っていませんので、やむなく棚に飾ってある人形を彼女に掴ませようと、取りに立ったところで近くにいたボランティアコーディネーターが、私のＳＯＳに気がついて、選手交代の助け船を出してくれました。

うぅ～ん、童貞喪失をまぬかれたようなほっとした感じがしましたが……。きっと、認知症になって、今まで抑圧されていた感情がそのベールを脱いだのでしょうか。本当は若い頃に自分の欲求に素直に従っていれば、今そのようなことはなかったでしょうが、家が厳しいとか、ご主人がかまってくれなかったとか何かの背景がきっとあったのでしょう。彼女の本当のこころが聞き出せれば、立派な傾聴者になれるのでしょうが、その日の私は沈没寸前の船のように、ＳＯＳを発信してしまいました。

反省会では、男性に襲われた（？）女性傾聴者の話も出ましたが、如何にナイスリーに対処できるか、傾聴技術の裏技として心得ておきたいと改めて学習の必要を感じると同時に、かつてホテル業に従事した時代に苦情処理の技術として教えられた方法を思い出していました。

その方法は、①人を代える。②時を変える。③場所を変える。の三つでこの日施設の人が対応して下さったのは①と③でした。

話し相手を代えた私は、「ぐるーぷ・そらまめ」の関口光子さんが画を担当して出版された『絵本歌集　おもいで』の1と2を使ってその後を楽しむことができました。また、一方のコーディネーターは私に迫った入所者の女性と話して、見事に彼女の深層に沈んでいた行為の背景となるものを吐露してもらっていたのです。性の海原を漂うあの荒れ狂った顔と凪いだ海のような二つの顔が忘れられません。後で聞いたところでは、この方の話し相手を誰にするか、いつも担当者は充分注意を払っていたとのこと。相応の傾聴経験者であることや、その方の性的行動が暫く出ていないという安心感から「男・女の組み合わせをしてしまい、すみませんでした」と言葉を頂きました。「認知症」であることは、ある種の抑圧の蓋が外され、理性というブレーキが利かないことでもあるのです。さて、傾聴ボランティアとしてあなたの発したSOSのご経験は？

（二〇一二・〇三）

春から夏へ

ＣＤを聴く

甥の結婚披露宴のときと同じように、その妹もこの間の披露宴で効果的に映像を壁面に映して、自分たちを表現していた。自分で映像を容易に作れるようになった時代の、客をもてなす演出であり、自己の表現でもある。

映像のない音だけのデータによるＣＤが、レコードやカセットテープにとって代わってから久しい。

半月ほど前に知人Ｓ君が五作目となる音楽ＣＤを、自分で作った解説書とともに贈ってくれた。そのタイトルに「私の好きな歌・音楽～心の広がりと安らぎを～」とあり、ケースを開くと収められた二十曲のタイトル、作曲者、時間が記されている。添え状には「解説書も作成しました。各ページにお眼を通しながら聴いて見て下さい。」と、万年筆の見慣れた文字があった。

花散らしの雨が二日も続いた日の午後、そのＣＤをかけて一人聴く。解説書の初っ端に「悠久のケルト」とあるが、どんな曲だったっけ？　が先に来て、旋律が浮かばない。曲が流れて「ああ、この曲か！」となる作品が三曲もある。早い話、知らないに等しいとも言える。まして、作曲の玉木宏樹が東京芸大の先輩山本直純に師事したことや、「男はつらいよ」の主題歌のイントロと伴奏を付けたことなど知りもしない。

スメタナの「モルダウ」は、プラハを流れ、やがてエルベ川に合流する川で…と高校時代に音楽の先生が説明してくれたことを思い出させてくれるが、組の違った彼の記憶にもあるのだろうか、解説の表現が同じである。「さくら貝の歌」「島原地方の子守唄」「出船」「宵待草」と聴いていくうちに眼がしらが潤んで来るのが自分でも判る。もちろん「ラ・クンパルシータ」のような明るい曲もあるが、全体に哀調を帯びた曲だからこそ、「〜やすらぎを〜」としたのであろう。色で言うなら差し詰め高ぶりを鎮める「青色か緑色」だろうか。

音楽には、生活に生じる喜怒哀楽のどれかが入っていて、自分の琴線に触れるものがあると、その曲や歌詞を脳に刻み込んで、折に触れ思い出すことになる。Ｓ君は「雪が降る」の解説に、長野県で生活した七年を冠雪した浅間と北アルプスを思い起こして語っている。ＣＤ一枚でも、作詞者・作曲者、そして歌手も、それを聴く人も夫々のエネルギーが瞬時に交流するのである。

知人N君が大病から回復した折に、「感謝」の朗読を集め、制作してくれたものと、お別れ会で作曲家の奥さま（作詞家）から贈られたCDと、今聴いたこれは、私にとって秘蔵の品でもあるが、夫々誰かに聞かせてあげたいものでもある。

（二〇一五・〇四・〇八）

記念切手

昔あった「犬棒カルタ」に詠まれた意味は、人の世は「偶々」遭遇することが沢山あり、それが幸運（セレンディピティ）である場合も、不運である場合もあり、両方を表している。

郵便局へ小包用の箱を買いに行ってついでに切手を頼むと、「こちら、今日発売ですがいかが?」と記念切手を勧められたのは、むしろラッキーだった。

午前中に届いた小包には秋田のご実家で制作されたという、漆塗りのワイン杯とお箸が入っていた。切手はその礼状のためのもので、今日はその発売日に当たっていたのだ。

中学生の頃、雑誌の文通友達紹介欄で知り合った人たちとやりとりをしたのがきっかけで、手紙やはがきの楽しさを知って今日に至る。別にその受発信数を数えたことはないが、今は、年賀状を除くはがきと封書合わせて、年間三百通程度だろう。『ハガキ道』(PHP研究所)の著者坂田道信氏のように、自分専用の郵便番号を設けて貰うほどの人もいるから、比べてみれば、微々たる数ながらも楽しみは大きい。

日本の切手は、諸外国のそれと比べても、美しさは抜きんでていると言ってもよい。切手の図柄により、テーマを決めて収集する人も少なくない。

子供の頃シート買いするお金もなく、集めるにも数枚がやっとで、後日売却した覚えもないが、今はどこにあるか仕舞い忘れてしまった。折角の切手も消印で画が汚れてしまった以前と比べ、昨今は使用済みかどうか判らないほどの消印である。

時代の変遷で、個人的な切手を作ってもらうことも可能になったから、誕生祝いや結婚する人へのプレゼントにもなりうる。地域の記念切手には、知人がデザインしたものもあり、これもプレゼントとして喜ばれる。

買った切手は、米国からハナミズキが贈られて百年の記念で、季節を先取りしたもの。ニュース性や時期に合わせることで、受信者もそれを感じてくれるだろう。余白の絵を切り取ったり、使用済み切手を使ってはり絵にする人もいるが、私は封緘紙として使う。

手紙は書くとき、読むとき、相手に向き合って時間を共有できるからいいし、どんなに下手な文字であっても、自筆はその人の味がするからいいのである。

メールもラインも否定する心算はないが、通常切手も、記念切手も、その一枚一枚の奥行きは深くて楽しいことを知ってほしいものだ。

（二〇一五・〇四・一〇）

定休日とリズム

高速道路に入って暫くすると、車内から警告音が聞こえてきた。きょろきょろと辺りに目をやるが、気付いたのは料金所が近くなってからだった。ＥＴＣカードを差し込んでないではないか！　車を整備に出す際に抜いたままで、家に忘れてきたのだ。

出先で宿泊し、帰宅後に整備費用を払うためにディーラーの店を訪ねると、昼間なのに真っ暗。よくよく見れば、「火曜日定休」と小さいながらちゃんと看板が出ているのだ。

そう言えば、手ごろな距離にある喫茶店が金曜定休だったので、久しぶりにそれ以外の日に行ってみると「閉店」の張り紙にがっかりした。十日ほどして再びそこを通ると今度は、「土日のみ営業します」と告知が出ている。小一時間書き物をしたり、本を読みながらぼんやりと過ごすにはよい店だったが、月に三十分の八しかチャンスがないと、行くのは難しくなる。それでもあるリズムで営業していることが判れば訪ねやすいし、それによって客がつく。親戚の兄弟が同じ自社ビルで働いている。兄の方が喫茶店を経営し私の娘と切り盛りして、火曜が定休。弟は不動産業で水曜定休でそのリズムに乗っているからいいのだ。

一方そこかしこの会社や店で働く側は、その日が息抜きの日であり、他の用事を済ませるための好機でもある。

ホテルで仕事をしていた頃には夜勤があったし昼間の仕事もあったので、泊まり、明け、を繰り返して休み、休み、日勤等のリズムに乗っていた。ホテルとしての定休日はないので、自ずと交代勤務である。多くの人が休むときに働いているから、世間が働くときに休むと、旅行に出かけるにも空いているメリットを楽しめたと言える。

人間の身体を考えても同様で、起きること、寝ることの繰り返しだが、身体の一部はどこかで休んでいるし、どこかは働いている。身体も定休のリズムを狂わされると、歳をとった者は元に戻すのに時間がかかる。人の命がそうして支えられていることを知ると、動物も植物も働きと、休養の中に暮らしていることに思いが至る。

それらのリズムを乱す最大のものは、自然災害であり、人災である。少なくとも後者によって、人間のリズムを壊したり、地球や宇宙のリズムを愚かな行為で人間が壊してはならないのだ。良い音楽が聞けるのは、夫々の楽器演奏者が周囲のリズムを正しく捉え、旋律を奏でるからに他ならない。

容認された定休日は、社会が要求しない限り変わるまい。

支払いは営業日に、という単純なリズムに合わせるべきは、私の方だったと知らされ、考えさせられた一日であった。


（二〇一五・〇三・一四）

竹の子

発泡スチロールの箱に「なまもの」「クール」と二枚のシールを貼った宅急便が早朝に届いた。

中には、ビニール袋入りの可愛いタケノコが裸で二つ入っている。魚鱗状の皮と根は削ぎ落とされていて、すっかり食べるだけになっている。あまりの美人に暫し見とれながら、贈り主の気持ちと、日々の生活信条もかくありなんと感じ入る。しゃれた折り方の一筆箋四枚に能筆で大きい文字が躍っている。「春を味わってください。お元気で」。加えて「主人は退院しましたが、リハビリ通院も始まりました」とある。

ご自身の家庭に心配を抱えながらも、他を思いやることのできる人が郷里にいることを誇りに思うし、感謝したい。

実家のあの竹林はどうなっているのだろうか。「筍医者」という言葉があるが、「藪にも至らない」の意味で稚拙な医者を指す。実家は「林」という集落の名が示す通り、竹林では季節が来れば、そこそこにタケノコが収穫できて、家族の誰彼となく掘ったことが懐かしい。

多分、今頃は妹の主人が趣味で耕作している畑の面倒をみながら、タケノコ掘りも楽しんでくれているだろう。

たまたま同じ日に買ってきた『読売新聞家庭面の100年レシピ』という本は、新聞に掲載された中から次世代に伝えたい料理を厳選したものである。

昔、仕事仲間だった、和食の料理人である野崎洋光氏が、その本を作るにあたっての選考委員の一人だったことを知っていたから求めた本である。

そこに「タケノコ」を素材として使った料理が「中華おこわ」「筍の御飯」「八宝菜」の三品が載っている。

まるでそれは、私にそのどれかを作れと言っているようでもある。前妻が逝って、食べることを自分でするよう、嫌でも仕向けられたことは、幸いだったと捉えればよいのだ。

概して日本の男は、家庭内のことに対して細君まかせで動かない人が多いが、そうではない時代に生きていることを早く知って実践した方が幸せと言える。現に妹と結婚した義弟は、妹がパーキンソン病を発症してから、食事を始めとして全ての介助を身内に誇ることも、求めることもなく淡々とやってくれているのだ。

贈り主が近くなら夕ケノコ御飯を作って、届けてあげたいものだ。せめて「ありがとう」の言葉を届けるのみである。


（二〇一五・〇四・一七）

失せ物さがし

展覧会の案内が届くと、大抵は行くようにしているものの、何かの都合が割り込んで来ることもある。

出がけにカメラは必需品のように持っていくが、写すこともあり、写さぬこともある。

会場のギャラリーは、従兄弟の家の近くらしいが見当がつかないので、電話を再三かけた。

ついぞ応答のないまま、会期終了直前、家人のカメラを借りて出かけた。出品している知人は、その日午前中なら都合がつくと聞いていたが連絡はとっていない。私鉄の駅から七、八百メートルはあるだろうか、不案内ながら、ぶらぶら歩きで辿りつく。東京のベッドタウンで人口五十万に届こうという街に相応しい文化施設で、見学者を和ませてくれる。

知友の作品は会場の中ほどに二点あり、どちらも見慣れた作風で、裸婦の躍動感が出ている。その二点によく似た別人の作品があったことが印象に残ったが、気になっている従兄弟の家を訪ねるべく、早々にそこを離れる。

　この辺りだったろうか。行き過ぎたのか、川を越えれば町名が変わる。戻ると「売り地」の看板で東京の業者名がある。売却して転居したのだろうか？　閉まっている古びた家に魚屋の文字。確かその近所だったはずと意を強くしてさがす。面影はないが位置はそこに違いない。小さな郵便受けに名前がある。

　五十年ぶりだろうか、呼んでも返事のない家をカメラに収めたが、いないらしい主をどうしてさがそうか？

　失せ物さがしの本番は、我がデジカメの方である。はっきりと覚えているのは、三日前に満開となった若木のサトザクラを写すため、人さまの敷地からその木にレンズを向けたが逆光で、黒く映った画面を諦め、日を置こうとしたことは確かに覚えているが、それ以降どこかへ消え失せたのだ。友達からタケノコの届いた日の夜、それを写そうとして、ないことに気がついたのである。

　物をなくさないコツとして定位置は決めてある。そこにないのは使おうとしている状態だったのだ。鞄、服のポケット、書棚、机周り、いずこにもない。それでも不思議なことに、どこかにあるだろうという気配を感じている。買う決断の前に見つけたい。それは、従兄弟がどうしているかを、知ることにも通じている。

（二〇一五・〇四・一八）

片手の音

昨日まで知らなかったことも、偶然の機会に知って得した気分になることもあり、逆に知ったことによって心に負担がかかることもある。

「隻手《せきしゅ》の音声《おんじょう》」「両掌相拍《う》って声あり、隻手に何のか声ある」という禅の公案は、江戸時代、白隠禅師の作という。その意図するところを知らなければ、この本に収められている「片手の音」も見過ごしてしまっただろう。毎年日本エッセイストクラブが前年の優秀作品を選出編集し、年毎にタイトルのみ変えて文藝春秋が出版するベスト・エッセイ集で、その二〇〇五年版である。

体操教室などで頭の体操と称し、右手で腿の上をさすり、左手で腿の上を叩く動作をさせられるが、腿という相手がある場合は未だいいとして、空中ではそれが中々難しい。従って、片手で音を聞くなど、できるはずもない、というのが常識である。設問者にそう答えると、きっと「坐禅して更に考えよ」と言われるだろう、常識に捉われると、この答えはでてこない。白隠に出会う前に既に禅の修行をしていたという、阿山《おさん》というお婆さんは、この公案を受けて次の歌を白隠に出したという。

「白隠の隻手の声を聞くよりも両手を打って商いをせよ」

返歌に白隠曰く、「商いが両手を叩いてなるならば隻手の音は聞くに及ばず」。

片手の音で苦しむことはなく、鳴っても鳴らなくてもよく、両方「いい」と思えば苦しまずに済むのだ。

そういう観点から十年前のこの本は編纂されたのであろう。秀作であることも分かるがそれ以上に、内容の社会への影響力の確かさも見て取れるのである。同題の作者は玄侑宋久で、その表現には次のようにある。

「さまざまなモノが他者、他事との関係性の中で独特の音を出すという在り方、あるいは人間が夫々個性を発揮しながらこの世に生きているという根本原理を『天籟』と呼んだのであり、『片手の音』とは、天籟、つまり天の響きといってもいいだろう」と。

井出孫六『すぎされない過去』所載の「点字文学百選」は、高田馬場にある日本点字図書館長の本間一夫から直接聞いた話がもとになって文学作品が選ばれ、視覚障害者の役に立っていく過程が書かれている。

初めて知ったこととしては、ピアニスト舘野泉の「左手だけのピアノ演奏」に、そういう曲があり楽譜があることが出ている。確かに、あって然るべきものだが、当事者でなくても知っていたら、人さまの役に立つことがあるに違いない。

（二〇一五・〇四・二〇）

さくら　サクラ　桜　櫻

咲き誇る八重桜のてっぺんが、ベランダから見ると棚引く雲のように見え、薄いピンクがその濃さを増し黄緑の葉も顔を覗かせ始めた。昨日の雨で舞い落ちた花びらが停めた車の屋根に張り付いている。花を愛でる楽しさの裏に、こびりついた花弁を取り除く手が求められる。

近くのホームセンターで家内が二十年ほど前に買った苗木を植えたものである。駐車場の桜は同じ頃に山梨で求めた山高神代桜で、義兄がそこを売り飛ばしたとき、業者が四本全部を伐採してしまった。

元々は、飼っていたビーグル犬の夏の日除け対策で植えたものだが、既に犬は亡く桜だけが残って毎年花を咲かせてくれるから、犬の桃子に感謝している。

花見をしようと思えば、まっしぐらに目的地の桜を目指さないとその時期を逸してしまう。今年は上野を始め桜の名所には外国人が闊歩していて、その傾向は来年も変わらないだろう。ただ、観桜の様を五十年前に比べると、変わらぬこととして、人は桜の群れている場所を選ぶ、同一会社等の集団で見る、同じ仲間と飲食をともにする等は、変化していない。

しかし、徐々にその形態も、会社という集団でなく同好の仲間や、個対個の結びつきなどの小集団になっているようだ。桜の季節に海外へ行ったことがないので、来日した外国人の様子を国内で見聞きする限り、外国で日本のような花見の習慣がある国を知らない。仮にあるとすれば、間違いなく日本の桜文化の影響によっているだろうと思う。

今年観た桜は、石神井川で二カ所、目黒川、名水百選の雄川堰、宝積寺の枝垂れ桜のみ。十年以上前に、あちこち桜の追っかけをしていた頃と、明らかに行動力も違うし、楽しみ方も変わってきている。高齢で元気な女性グループがどこへ行っても目立つし、老夫婦も目立つ。その情景は見ていて微笑ましくなる。

花の下での宴会も楽しいが、自宅の窓越しに茶をすすりながら菓子を摘み、飽くことなく時を過ごす方が、今の私には合っているようだ。

一木でも、三春の瀧桜のようにその地で威容を誇っているものや、我が家の桜のように、時を同じくして咲く紅白の躑躅や、木工薔薇の黄色や緑と色を調和させながら、つつましく人を楽しませる一木もある。

平安末期の歌人、西行が残した辞世の歌で、桜の歌とも言われる「ねがはくは　花の下にて春死なむ　そのきさらぎの　もちづきのころ」は、西行の願望であったろうか、それとも、当時は未だ花の代表ではなかった桜への共感であろうか。やがて新緑。秋は紅黄葉。冬の入口の一葉まで楽しみである。


（二〇一五・〇四・二一）

認知症カフェ

飛び越せる幅の川が自宅前を流れていたのは、四十年以上の昔で、それが暗渠になった今は緑道に変わり、新河岸川に向かう。その緑道を自転車で三十分ペダルを踏めば、地域センターと認知症介護家族を支援する会の一つが推進役でオープンする「カフェ・イースト」に着く。

高層建物の立ち並ぶ高島平団地東側の一階にそれはあった。昭和四十七年に入居が始まった頃は、飲食店であったような風情を残している店舗がその会場。あるNPOが運営している業態にジョイントした形で、それは前年同区内に先発オープンした「カフェおれんじ」に似た形態である。

開店の日、三々五々集まった人たちはチラシにあった定員の十五人を超え、席を詰めあって夫々の位置を占める。

主催者が設定した皮切りは、地元S医師による「認知症を支える方たちへ」と題する記念のミニ講演である。

認知症の方と地域で生活するための要諦を要領よく話していく。①認知症の経過（初期、中期、終末期）を理解しよう。②経過に合わせて準備しよう。③見方を変えると楽になる。④存在価値を尊重しましょう。⑤誰かと繋がることが大切、と。その最後の部分がこのカフェの目的でもあると、聞いている人にも判りやすく、熱心にメモを取る姿が見える。

そういう話を以前聞いたことのある私は、医師の話の中に新しい発見をした。③の解説で「聴くことは、サインをキャッチするために聴くのです。聴くとは、耳＋心＋目でするものです。観察することを通して、自分が相手を理解している、と思い込んでいる場合が多いのです。特にそれが医者に多いのです」そこまで話すと笑い声が起こったが、参加者が経験済みのことだからであろう。「観察を通して自分が人を理解するだけでなく、聴くことを通して人の理解者になる関わりをもつこと……委ねられる人と思ってもらうこと」と締めくくったのである。傍にいる私にも先生の携帯が何度か震えているのが判ったが、講演が終わるや否や、訪問看護に飛び出して行かれた。

司会者が紹介方々参加者に話を促していくと、サポーターに混じった現役の介護者と患者さんがやっと巡ってきた機会に口を開きます。認知症の奥様を同道して、娘さんと参加したT氏は、「家族会でお世話になっているので来てみました。毎日が戦争のようなもので、こうした場にみんなで来られて嬉しい」と、喜びの表情である。団地で一人暮らしの人の話も、この場のあることを素直に喜んでいる中で、奥様を病院に入れて、毎日見舞うというY氏は、「認知症について、よく勉強しようと思ってますが、不思議なことに昔のことはよく覚えているんですね。ですから、昔のことを話して、段々今のことへ広げて行くんですよ。そうするとね、幾らか判るみたいなんですよ」と言うのである。外部情報で認知症の方の対処法を覚える人もいるが、「ああ、ここにも体験的学習者がいる」と感じ、この人の話が未体験の介護者へそのまま、役に立つことになるのだ、と思う。

代表者が挨拶に述べた「イースト菌でパンが膨らむようにこのカフェが大きくなってほしい」という願いを叶えてあげたい。この種のカフェが、あちこちに開かれることは意義深いことと、今日も静かに聴くだけの私がそこにいました。

（二〇一五・〇四・二四）

季節の折り紙便り

その方からの葉書には、折り紙が貼り付けてあって、その立体感が印象に残り、また、葉書に物を貼り付けて送れることをそのとき初めて知った。あれから、何年経つだろうか、時間が凝縮された折り紙を緻密に貼った手紙が、季節の変わり目毎に届く。今日は封書入りで受け取ったが、裏面左側に鯉のぼりが

上がって、中央下には家があるだけでなく、所番地が家の扉に貼り付いた図案である。中味を傷つけないよう鋏を使う。中から折り紙の武者人形と兜が顔をだした。折り紙の不得手な私には、どれもが折れそうになく、ただ感嘆して見入ってしまう。珍しく手紙が入っていないな、と思いつつ、この折り紙だけでもこころが充分伝わってくるので納得。

左上の兜の押さえを外し、中を見れば今度は咲いた菖蒲が四株、五株。そして仕掛けは思いがけなく兜にあり、そこに短いメッセージが潜んでいた。

先月は、三センチ程の厚みのある小さなものが届いた。中身は入学シーズンを告げるランドセルである。小人がいたら、本当に背負えるように紐があり、背当てのクッションがあり、おまけに中には、筆箱と教科書が入っているではないか！　更に筆箱には、折り紙仕立ての鉛筆が……。それらがＳサイズの卵大のランドセルに全て納まっていて可愛さ抜群。

そんな驚きや喜びを独り占めするのはもったいない。では誰に、といつも考える。春爛漫、桜が満開になった神社で姪が結婚式をした日、「あなたの子供が生まれたら、あげてね」と、披露宴がお開きになって挨拶するときに、そっと手渡しておいた。それを見た姪がどんな顔をしたか知らないが、感受性の豊かな姪のことだから、作った人の気持ちを受け取ってくれただろうと思う。

さて、贈り主のことを、私は深く知っている訳ではない。ご主人をご自宅で介護するHさんと出会ったのは十年も前のことで、その家族会に世話人として参加したときだった。会には奥さんを介護中のNさんを始め、もっと重篤な人を看ている介護者もいた。当初不安気な顔だったHさんも、回を重ね年を重ねるごとに顔が和らぎ、今では集まる介護者たちにとって、良き介護教師とも言え、信頼も厚い。

そのHさんが、病状の進行したご主人を自宅で見守る傍ら制作し、送ってくれたのが写真のような折り紙である。

これは、義母への見舞いに枕元へ送ってあげるとしよう。


（二〇一五・〇四・二五）

娯楽映画

その日封切られた映画を観る約束もあって、艶っぽいことと、所有する土地の整地の相談を携えてFが片道二時間近くもかけて来てくれた。映画館と同じ建物内にある、イタ飯屋カプチーナで、歯の治療中という彼と柔らかメニューの食事をしながら用件を先に済ます。

「もう、五十年ぐらい映画は観てないなあ」とFはつぶやいたが、家の近くにシネコンが出来てからの私は、そこそこに観る機会がある。他にも「知人の家が撮影現場に使われたので」とか、「息子が監督したので」とか、「会社が制作委員会の一員なので」といった理由で招待を受けることもある。が、映画に限らず、何と言っても自腹がいいのだ。

複数ある劇場の十二番目に入ったのは初めてで定員百人少々。ここは講演会等の用途に貸し出しもしてくれる。

出し物は「龍三と七人の子分たち」（北野武監督）で、上映時間は百十一分。

主演は藤竜也で、彼の映画は最近では、「柘榴坂の仇討」を観ている。仇討ち禁止令の出た日に、柘榴坂で仇討ちをする話である。

本題へ戻そう。映画の楽しみは、主としてはその内容を楽しむことであるが、別の楽しみとして、それにまつわる出演者や景色、地域、経緯、時代背景等々までに考えを巡らせると、余計に楽しめるのだ。

映画の筋を簡単に言えば……。

昔、ヤクザだった者たちが社会の片隅へ追いやられて暮らす中で、元親分だった龍三が、息子を名乗る男に、会社の金に穴をあけたと、五十万円の工面をさせられ、その仕返しに元ヤクザの仲間を集め「一龍会」という組を結成し、悪徳のガキ集団「京浜連合」との攻防を展開して懲らしめるという話だ。

社会問題となって久しい「オレオレ詐欺」をコミカルに仕立てて社会喚起する北野の手法は、毒と笑いを混ぜているので受け容れられやすいのであろう。

競馬場で親分に馬券を買うよう指示された子分の中尾彬が、それを買う直前、組み合わせを変更するよう両手を開いて5－5を買えと親分の指で指示を受けた。「了解」と買った馬券が的中し、千万単位の金が入ると一同大喜びをする。が、中尾だけ「外れた！」とがっかりして皆と顔を合わせて、ひと悶着。「何で、5－3なんか買ったんだ」「だって親分の指は二本詰めてあるでしょ！　どう見たって5－3でさぁ」というような場面や、平均年齢七十二歳と宣伝される他の近藤正臣、小野寺昭、品川徹、樋浦勉、伊藤幸純、吉澤健等ベテランの味がよく出ていると感じるのは、同年代だからと言える。

映画の楽しみは未だある。誰と観るかもその一つで、Ｆと観たのは五十年以上の付き合いでも、初めてである。これを観た共通項は中尾であり、彼も二人に話の肴にされているとは思ってもみないだろう。全国区になるということは、そういうことでもある。君がコックコートで出前をしようと、死体の役で出ようと、その全てを受け容れるのが仲間というものでもあろう。今度の役でも、親分が自分宛に来ている年賀状を元に召集を掛けるに、闇雲に代筆をした君が、親分の恩師にまで出し、その恩師がそれに応じるのだから、人の付き合いとは面白いと言わずして何と言う。

ともかくも、面白かったよ！

そういう、賛辞がきっと制作に関わったり、出演した人たちへの勲章であろうと思う。とき、あたかも春の叙勲の季節だから、見えない勲章を贈ろう。

ここに書き忘れてならないことだが、先の艶話とはFの婚活のことである。一度ならず何回でも縁結びの世話をしてくれる人がいるのは、その人に徳があるからだと、私は思っている。年齢は二の次である。近々先方の実家を訪ねてみたい、という彼に良縁となるよう、願わずにはいられない。人生のペーソスも映画に優るとも劣らないのである。

（二〇一五・〇四・二七）

木の上に立って見る

ことわざには、「親」に関わるものが多数ある。思いつくまま書きだすと、「親の光は七光り」「親の欲目」「親の脛かじり」「親の心子知らず」「親の因果が子に報い」「親の意見と茄子の花は千に一つも仇はない」「親の意見と冷酒は後で利く」「親の恩より義理の恩」等々。

どれもこれも首肯するのが多いのは、長年培われ生き残ってきた言葉だからである。「親の顔が見たい」というのもある。私も人の子の親なので、見られる側になったことも考えなければならない。そこで、鏡の中の自分の顔を見ると、明らかに年老いた男の顔が自分を見つめている。髪は九割方白いが残存し、眉毛は長く白い物が混じる。額は後退していて、骨相学的には角顔。

眉間の縦皺は若い頃ほど深くないし数もない。あの言葉の持つ意味は、外側より、むしろどんな考え方をしているかと、内面を見たい、知りたいとする言葉ではないだろうか。

両毛線富田駅から、線路沿いの道を十五分歩くと藤の花で有名な公園に着く。花の最盛期を迎えて入園料は変動性の最高値である。入ると直ぐに藤の花の香りに包まれる。それが癒しになるのだろう、高齢者の夫婦や女性が多い。もちろん小さな子供連れもいる。考えてみれば、子供を連れて出かけた記憶が少ない。

反面、子供は祖父母が大阪万博やら、どこやら連れまわしてくれたから、考え方や見方は祖父母のそれに染まっているかも知れない。

公園や街の中で微笑ましい親子連れを傍で見ると、こちらまで楽しい気分が伝わってくる。反対の光景はどうか。

あれは、電車が入線して、客たちが電車に乗り込むときだった。兄弟の小学生だろうか、小さい方が先頭に並ぶ家内の脇に立っていた。ドアが開いて一直線に左前方の席をめがけて走り、家内が座りかけた席に物を置いて「お父さん、お父さん、席取ったよ」と後続の親に叫ぶ。父母との四席分を確保したことに誇らしげである。飛ばされた家内はその隣席を確保したが、慌てる程のことではない。始発駅であり、待ち人の数からすれば座席の方が多いのだ。「親の顔が見たい」と言わずともそこに親の顔がある。してやったり、と嬉しそうであった。

ちょっと待てよ、と考えるのは歳のせいだろうか。この子たちの、高齢者への労りや、障がい者などへの思いやりはどこで育まれるのだろうか。人様の子で親が付いていると他人の私には言い難いが、「並んだ順番にゆっくり席につけばいいんだよ、座れなくても君は丈夫な脚があるじゃないか」とマナーを教え、「ありがとう」の報酬を得るチャンスを逃したのだ。これでは「親」という漢字の意味合いを変えずばなるまい。

（二〇一五・〇四・二九）

公共施設と傾聴活動＊

その例会に遅れて参加した私は、どこからともなく伝わって響く、ブゥ〜ン、カタカタ、ブゥ〜ンと繰り返される異音が着席したときから気になっていました。他の人たちは発言者の声に心を集中させて一所懸命聴いているからでしょうか、参加者の誰もがそんな音を気にする様子はありませんでした。話に聴き入ろうと暫く我慢していましたが、辛抱できずに原因を探しに部屋の中を歩き始めました。節電のためか会の世話人は空調を止めていましたから、それ以外の原因が判らずじまいで終わるのも悔しく、施設の事務所を訪れ「使用中の会議室で異音がするので、調べて頂けませんか」と依頼しました。

窓口で手持ち無沙汰にしていた係と会議室に戻ってみたものの、積極的に調べようとする気配が感じられないので、異音のする方へ係を従えて進みました。すると世話人の一人が「もしかすると、あれかも?」と言いながら、お湯を沸かす際に点けたという換気扇のスイッチを押すと、異音がピタリと止みました。係は「良かった!」と、そのまま背を向けて帰るので、「多分、ベアリングの摩耗か油切れでしょうから、後で点検しておいて下さいね」と言葉で追いかけました。果たして、来月の会合までにそこが修理されているでしょうか。読者の皆さんはどちらになると思いますか?

傾聴活動をしていると、多かれ少なかれ公共施設を利用する機会があります。が、時として前述のような不具合に遭遇することもあるでしょう。民間の施設であれば、設備やサービス上の不具合が使用中に発見されると、その対応如何で即座にクレームや料金の減額要求に結びつきますし、時には客離れに至ります。

ところがそれが公共施設の場合にはその施設がみんなの物である認識は強くとも、みんな(利用者を含む)にも利用上の責任があることまでは、意識しない場合が多いようです。天井灯が切れそうでウィンクしている、空調が効かない、テーブル上が粘つく、椅子が壊れていたなどの経験はありませんか？　これらは主として会合の主催者が、気がついた時点でその施設の管理者に、早急な改善依頼を口頭でしておくことで、次の利用者も自分たちもハッピーな結果を得られる筈です。ですが、最近の行政はその業務の一部を外部業者に委託している場合が多く、施設管理上の際どい部分で、契約の内であるとか外であるとか言いだして、双方の担当者が責任逃れを決め込むようなことがないとは言えないのです。ましてや、利用者はそれらの契約内容までは知る由もないのです。とは言え、利用する施設のサービス改善が図られるか否かは、利用者の要求の強弱が左右すると言えるでしょう。

大事なことは契約上、する、しない、の問題でなく利用者の最大幸福を念頭に、公共施設を提供する側には、立場を超えて不具合に対処してもらわなければならないことです。

さて、そんな中での介護家族の会は、当月の出席人数は少数であったものの有意義なものでした。その証左を、ゲストとして出席されたS短期大学福祉学科の先生が、後日寄せて下さったコメントから引用しましょう。

「昨日は本当にありがとうございました。穏やかな雰囲気の中、感慨深いお話をたくさん聴かせて頂いて本当勉強になりました。介護されているご家族にとっては大変なご苦労をされているとは思いますが、聴かせて頂くお話は素敵（不謹慎でしょうか？）で、介護の原点に立ち返らせて頂けるものばかりでした。既に奥様を看とられた方も参加されていたり、奥様の入所が叶った際のご主人のことまで心配されている世話人の方々を見て、受け止めるものがなんて大きいのだろうと思いました。認知症介護の本はたくさんありますが、生で聴くご家族の思いは心に響きます。それに対して自分は介護を教えているもののなんて小さな人間なんだろうと……」

先生は「ライブ感覚が必要」とも言っていました。大震災への様々な復興施策が打ち出されていますが、被災地の最先端でそれらの任務を命がけで遂行している人たちのことを、私たちはライブ感覚で受け止めなければならないでしょう。

一方、被災地外に身を置いていて、原発被災地からの避難者を差別するような、一般人がいないわけではありません。時宜に即していない対応はあたかも、必要でないときに異音を発して回っていたあの換気扇のようでもあり、傾聴モードスイッチを入れ忘れた傾聴活動のようにも思えてしまうのです。

（二〇一一・〇四）

借用書のない借りもの

大嫌いな大型連休中、関越道の上り渋滞の合間を掻い潜って帰宅すると、何通かのメールが届いていた。その一つに今朝の東京新聞（二〇一五年五月四日付）に掲載された投稿記事を添付したものがある。全文でも四百字ほどなので、転記する。

〝沖縄独立では「借り」返せぬ〟のタイトルで……

「最近、投稿などで目にする「沖縄独立」提案ですが、一つ決定的に欠けている視点があるように思います。それは沖縄の外に暮らす私たちには、沖縄の人々に『大きな借り』がある、という認識です。戦争中は本土の盾となり、戦後は本来なら日本全土で負担すべき敗戦処理の大部分を一手に引き受けてくれた沖縄の人々の負担なしには、私たちの平和な暮らしは実現し得なかったでしょう。もし、沖縄が独立運動を起こしたら、政府だけでなく、おそらく大多数の人は猛反対するでしょう。今沖縄が担ってくれている日米安保条約上の日本側義務を自分たちが引き受ける、という決意なしに沖縄に『独立しては』と、提案することは、『借りを返さないまま大切な相手に別れ話を持ち出す』ことにならないでしょうか」

……というものである。

原発に反対として、ドローンを首相官邸に向けて飛ばした輩がいたが、「ペンは剣より強し」という言葉は知らなかったのだろう。

知人の投稿は、多くの人の代弁とも言えるかも知れない。特に沖縄の人たちからそれを見れば、「県民の理解者がいる」という、励ましになるだろう。投稿者の考え方は、原発立地に暮らす人たちや、福島原発事故後の、汚染土処理を担う現地の人たちへの思いやりにも繋がるのだ。

民主的な社会の商取引では、その取引の公正さを証する契約書や借用書を交えるが、投稿者のいうような大きな問題を含め、その書面のないままに暮らし、書面がないからといって、借りを踏み倒してしまうような事象も実に多い。

親から受けた恩もその一つだろうし、親から受けた覚えがないと言う人も、誰かの世話になって今があるはずである。

既に私に両親はない。義父母に何かをしてあげようと思ったのは、自身の親への代償行為である。更に敷衍してボランティアとしての活動へと繋がるが、その行為は微々たるもので自己満足に過ぎないだろう。それでも行動することによって、自分の心が落ち着くのだからいいではないだろうか。

この種の貸借は、両者が認識することによってのみ成立し、自己中心主義者には解り得まい。ましてや理解し得た両者間には借り越し、貸し越し、共に催促なしであることも。

（二〇一五・〇五・〇四）

鞄の中身

玄関の棚に置いた細長い花瓶用布マットが濡れている。この水気は、どこから来たのか訝って見回すと、出がけに、ちょっと置いたショルダー鞄も濡れていて、犯人はその中にいた。ゆるんだペットボトルの口から出た水が、中身みんなをグッショリとさせていた。

全部を出す破目になり、大事な鹿皮の財布を先に出す。手帳、名刺入れ、免許証、商品券、薬入れ、携帯ラジオ、小銭入れ、三色ペン、ティッシュ、飴玉。「どうして、飴玉なんか」ってよく聞くね、喉にも、脳にもいいってことが、歳とりゃ分かるようになるさ。

自分が頬張りたくなったら、傍にいる人にもあげな。そうすりゃ会話の友にもなるってもんだ。亡くなった義兄なら、きっとそんなことを呟くだろう。

それから文庫本やメモ用紙などが続き、今や必需品となったあのペットボトルも入っていたのだ。サイズはＡ４二つ折りが入る鞄だから、容量はこんなものだ。

多分、男の鞄と女のそれは体裁も中身も違うだろうが、家内のバッグさえ中身を知らないから他人のそれは、なお知らない。

鞄は、職業や行き先によって、中身も違うだろうが、もし見せてくれる人がいるなら、他人様のを覗いてみたい。

「何で？」という珍品発見の期待感でわくわくしてくる。

自分の鞄にも中身の変遷があることに気付く。

小型化したカメラも入るし、電話などを持ち歩こうとは、思ってもみなかった。かつては英語の辞書も必要だったし、電卓も、行き先の地図も入れたが、今やそれらはスマホ一台で済む。

では、代わりに何が加わったか。サングラス、マスク、眼薬、サプリメントなど、環境や健康への対策品だろう。中には護身用品や、救急用品を持つ人もいるだろう。

もっとも、それらがぎゅうぎゅうに詰まった鞄を持ち歩くのはスマートとは言えない。

できれば空身で出かけたいが、それが可能な人たちは、秘書がいる、付き人がいる、などの限られた人だけで、「カバン持ち」という言葉がある由縁であろう。大多数の人は必要な品を鞄に上手に入れて、格好よく持ち歩きたいのだ。

急いでドライヤーを使った手帳は救われたにしても、あの財布は陰干ししたものの、「疲れたぁ～」と、しわしわの顔をしているから、永久休暇をやらないとだめだろう。

濡れた財布の中身もひどかった。スイカとそれをチャージしたときの領収書の黒い磁気面が張り付いて離れない。パスモも同じこと。おまけに樋口一葉と福沢諭吉が抱き合って張り付いている。「お金は分散して持つべし」という警鐘を実行しなければいかんのだ。

（二〇一五・〇五・〇八）

コトバを使わない夫婦

講演のタイトルは右の通りで、「歴史的・民族的に深い理由のあるこの現実と、その解決方法について語りたい」と、主催者から配布されたレジュメに載っていた。講師は早大仏文卒の田中喜美子女史、八十五歳。知人の紹介で講演会場のある大井町へ出かけたが、いつ来たかも思い出せない町は、すっかり変わっていて、大深度の地下から地上まで這い出るのに計算外のロスタイムがあった。知人との挨拶もそこそこのうちに、講演が始まった。

男が働き女が家を守るという考え方は、明治以降根付いた男尊女卑の思想で、武士社会の名残でもある。働く人が尊く、女に家を守らせることは、男にとっての誇りでもあった。サラリーマン社会の現代、働く男は夫婦で会話するより環境同一の会社の女の子と話す方が通じやすい。女は女で子供のことや近所についてはよく知り、よく話すが、夫婦に共通項は少なく、言葉のやりとりで人間関係を構築することをしなかった。

アンケートなどによると、現在でも女性の六割は、結婚後に専業主婦を望んでいることがわかるが、それは家庭や社会が女性に働くことを教えないで育てた結果である。

つまるところ、女性のみならず男も婚外恋愛が増えてきたから、やがて一夫一婦の結婚制度はなくなるのではないか。

右のようなことを、四十年以上にわたり女性を主とする投稿雑誌の編集と発行に携わって得たこととして話された。

結論として、「幸福とは、人生の中で本当にやりたいと思うことを発見し、その環境をつくり実現することです」。

あるところでこう話したら、「不倫も殺人もやりたい放題ということですね？」と、上野千鶴子先生から訊かれて返答に窮したと、エピソードを交えながら締めくくった。

質疑応答に藤沢から来たというカウンセラーの男性が、応じた相談事例から、ＤＶを受けたために代償行為として婚外恋愛に走る奥さんの例を挙げたが、講師は「女は悟られないように防御しながら婚外性交することが潜行し、背徳の観念もないのが実情だ」と応じた。不倫話の海を漂う感じを受けた私は、経済学者のパレートが経験に基づいて発見したという「80対20」の法則からも、経験則から敢えて発言を求めた。

「老人施設などでボランティアをしてみると、相手がしゃべれない状態であっても、献身的に介護する夫もいるし、妻もいます。病気の有無に拘らず仲の良い老夫婦もいます」と例を挙げて話すと、講師は「私は運が良かったから、良人や子供に恵まれました。認知症の人も周りにはおりません。良い話をありがとうございます」と応じられた。全体を通すと、女性解放の思想や運動を指すフェミニズムに立脚していることが分かる。

帰路臨海線の車中で、自分の周りにいる幸せそうな夫婦の根源が何であろうかと思いを巡らす。

すると、確かに一番に会話の交流があることが浮かぶ。
ではなぜ会話が生まれるか。互いに、知りたいとか知らせたい事柄があると同時に、そこには夫婦にとって共通項が存在することが大切なのだ。共通項は何か。それは楽しみであったり利害であったり、人により様々と言える。

地続きの欧州では言語が違っても似通っていて、スペイン語を覚えればイタリア語はそれ程難しくないと感じるように、仲良し夫婦の共通言語が道楽であるなら、その言語となる範囲が広くて多い方が良いのは道理である。

そればかりでなく、育った環境も宗教も職業も類似していれば、仲良し夫婦の共通言語の一つとして手を貸してくれるだろう。他にも渇愛でない愛や共有する時間の長さなども接着剤になっているのかも知れない。もっと言うなら、相手を自由にさせてあげることであり、その裏には自分の我慢が多少必要になる。言葉以上に必要なことは、人間として相手を尊重することにあり、それら全てを融合できるよう、経済や健康の不安を抱えても不断の努力を継続している夫婦が麗しいのではあるまいか。

（二〇一五・〇五・一〇）

庭木の手入れ

住宅街を散歩して、整った生垣や、塀越しに木々が見えるとホッとする。樹木がその家の落ち着いた内情を表出しているからである。夫々の家にどんな都合があっても、晩春から初夏にかけて樹木剪定の時期は、いやでもやって来る。よく猫の額ほどと言うが、そんな庭に少ないながらも植木が緑を濃くし、枝葉を伸ばし、手入れをせがんでくる。春に済ますか秋にするか、時期と都合を考えながら、低いところは家内が、梯子を必要とする部分は私が、担当している。職人ではないから、充分な道具もないまま、毎年やっつけ仕事を気が向いたときにする。

ただ、ツツジも皐月も花が終わったら、一日も早く手入れをしないと来年の花は、期待できない。のほほんと時期も構わず切っていると、そんな植物の習性を知るまでに年月がかかるが、それもまた良しである。

今年も柘植の枝が枯れていて、残っているのは四本のみ。温暖化の影響と言われて久しいが手の打ちようがないので、枯死した部分だけを、そのたびに切る。家を建てるときに柘植と共に柿、カイズカイブキ（別名ビャクシン）を植えた。

金木犀は娘の卒業記念樹で、太くなった幹を除去し細い幹を残すことでスマートさを保持している。その後、家内が自分の好みでやたら木を植えた。レモン、李、ツツジ、薔薇、赤芽、ドウダン、桜、夾竹桃、槿、椿、山茶花、千両、万両、南天、柊、金柑、もみじ等で、他にネズミモチが自然に生えて、庭は雑然としている。他人様に見せるためでもないので、雑然としたままの方が風情があっていい、などとうそぶいて、植木屋の如く上手くはできない言い訳もこの家の住人は用意しているからずるい。

近県に住む義妹が、この連休に深谷市でオープンガーデンを見て来たという。郷里なら行けるかも知れないと、植物大好き人間に問い合わせると直ぐにメールで返事が来た。

「公開庭園は長柄町には何軒もあります。山根の木嶋さん方は〇〇番で他は役場に問い合わせたら如何かしら。袖ケ浦の花とバラの専門店・森のカフェローズヒップは、××番です。近郊のバラ愛好家のお庭を紹介してくれますよ」と、電話番号まで記してくれた。

見に行くのが先か、手入れが先かそれが問題だ。

明治神宮の森は、日比谷公園を設計した林学者の本多静六をリーダーにした国家プロジェクトとして今日があると言われている。

多くは献木に依ったそうだが、樹木が互いに駆逐し合うことで、最終的に広葉樹林となるようにしたという。素人でもその考え方は応用できるから、先人の知恵は尊重するものである。我が家でも木々が生存競争をしている。その一方で自宅南側に配した桜や柿の木は、夏の暑い間に日陰を作ってくれて、陽ざしの必要な冬には落葉する。柘植もカイズカイブキも常緑で、通年人の眼を癒してくれるから、自分たちばかりでなく近隣にも恵になるだろう。

ところが人間は我が侭で、酸素を供給し炭酸ガスを吸収する樹木のことを平生念頭に浮かべる人は少なく、やれ、落葉が汚い、鳥が来てやかましい、虫がいるなどと言い出す。それは、巷でも同じで、近所に保育園や幼稚園などの建設計画が発表されると、子供の声がやかましいから建設反対だ、と言う人もいる。子供がやがて自分たちを支えてくれる存在であることに思いが至らないのは、樹木の恩恵を感じない人と同じではなかろうか。

喧しさを騒音と感じたとしても、それはいっときのこと。落葉を腐葉土に転換する知恵があれば、子供の声さえもプラスに転じることができようが、そうしないのは己の知恵が足りないと、自らを恥じることではないか。

そんなことを頭に置いてキーボードを叩くより、季節はずれの台風が去ったから「早く仕事にかかれ」と催促する木々の声が微かに聞こえる。


（二〇一五・〇五・一三）

携帯電話

夕方までに戻れば、大相撲の中継は見られると計算して、新緑と温泉を求めて出かけた。下りの急行に八十分乗れば埼玉の小川町駅に着く。忠七めしで知られる割烹旅館が近くにあるが、懐具合から通りすがりに、和風暖簾をくぐって昼食を頼む。

地元産の野菜を主にした天重を楽しんでいると、白いホットパンツで、小顔の女が母親とも見える年輩者と連れだって入ってきた。手に皺の寄った店員と顔なじみなのだろう、小顔が「これお土産」と、白い紙袋を差し出すと、店員は心得たもので注文を聞く前にお通しと酒を運んできた。

二人の女はどちらからともなく、煙草に火を付け、夫々にくゆらせ始める。三卓だけの店内に強い香水の臭いと煙草臭が混じって充満し、自分の食べているものの味が落ちてくる。煙草をやめて四十一年になる私は、臭いに敏感になっていてそれがきつい。

風体からすると水商売風の彼女たちも、面と向かった客なら遠慮するかも知れないが（いや、するまい）、マナーなどという言葉は関係ないようだ。店としてもお得意様に盾突いて禁煙を願い出ることも、シャッター通りで営業している側には難しいに違いない。となれば、こちらが早々に退散するしかない。

花和楽《かわら》の湯は、そこに瓦工場があったことから名付けたそうだ。数年前に出来た入浴施設で、露天風呂や岩盤浴も飲食施設もある。

湯上りに座敷で寝ころんでいると、緑色が点滅しながら携帯が震えた。

「ご注文の品が届きましたので、本日ご来店頂いてもかまいませんが、ご都合は？」という。予定より一日早いが、嬉しい知らせだ。

携帯電話の液晶画面の色がまだらになったのは、もう一月以上前になるが、二、三日前からサブモニターの時刻表示が二重に出たり、黒一色になったりの現象があり、慌てて携帯ショップに駆け込んだのである。

「落としたことはありませんか」と聞かれて理屈屋の私は、「落下したか、という意味ならありませんが、紛失したことがあるか、という意味なら二度あります」と答える。質問の意味は前者であろうが、私には後者の理由の一つが不具合に影響を及ぼしているかも知れないと、考えられたからだ。

未だ買って間もない頃、電車の中で紛失したそれが拾われて、届いた警察署に受け取りに行ったときのこと、「製造番号を調べるため、裏ぶたを開けさせてもらいました」と言いながら係が渡してくれた。「中々開かなくてね、少し傷がついちゃいましたが……」そのときの気持ちは、臭いを避け和食屋から逃げ出した物悲しさにも似ている。

「この携帯はご使用開始から九十八カ月になりますね。こちら既に製造中止になってまして……」

「スマホでもいいんですけど、必要最小限の機能があって、料金の安い方法があればよいのですが」

「少々お待ち下さい。……ああ、料金的には奥様の方が利用度が高いですね……機種や色は選べませんが、交換用携帯電話機があります。月額四百円の保険料がかかりますが……」

「判りました。ではそれで」

「保険契約は後で解約するという手もありますから……」と、全てのデータを電話会社に掴まれたまま交渉の結果、選んだガラケーの機種がショップに届いたのだ。

初めて携帯を持った頃だったろうか、福島の三春へ瀧桜を見に行った。小山で列車の通過待ちをする間、時間があるのでトイレに行った私を置いて、妻を乗せて発車してしまった。専業主婦は携帯など持ち合わせなくても不都合のない時代だったから慌てたらしい。やむなく新幹線に乗り換えて先着した私の携帯へ後着の妻から連絡が入って、郡山で再会できたことが今は懐かしい。

あの和食屋の女性たちも「ニコチン依存症」であり、「香水依存症」かも知れない。「携帯依存症」と言われる人種が増えているらしいが、そんな病に罹るものかと、禁煙して今日に至る経験があるので、気持ちの上で突っ張っている。それでも最近は、手元に携帯がないと気付くやいなや、不安にかられるから、依存症と言われる人さまのことを笑えないでいる。

（二〇一五・〇五・一五）

絵画を喰う男たち

「名園の時間。霧立ち昇る山並みを背景に、移りゆく四季の彩りをめでるひととき」の書き出しで始まる冊子に誘われて、安来市の足立美術館を訪れたのは昨年の秋だった。目的は毎年秋季のみに展示される、横山大観の「紅葉」を観ることにある。大観の画は初めての就職先となった目黒雅叙園の中に佇むホテルで、他の日本画家の作品とともに、ふんだんに眼にしていた。創始者細川力蔵が画家にとってのスポンサーであり、反対給付として画家たちはそこに画を遺したからである。それがどうやら後々、私に生の画を鑑賞させるきっかけになったようだ。

旧知の画伯から展覧会の案内が届くと、誰からともなく「じゃあ、一緒に飯でも食おう」と日時を決めた。

銀座はその顔を幾つにも変化をさせながら客を迎えるが、ウイークデーの昼はビジネスの顔でレストランも客を迎え入れる。予約してくれた店は偶然にも、ホテル時代に避暑に来ていた顧客のビルで、卓に着くや前月パリで開かれた展覧会へ画伯が出展したことやスケッチに歩いた場所などの話を、同席者は自分の想い出と照らし合わせながら、脳の御飯に送りこんでいた。

早昼をすませ、道を挟んだ対面にある会場に向かう。上下二層にした展覧会場の入口で、三十インチ程のモニターが中を映写して客を呼び込んでいる。展示二日目とあって、生花は充分に瑞々しい。

奥まったところに、画伯の大作（写真）が例の如く仮額ながら、四部作で胸を張っている。

一瞥して「これは哲学だ！」というのが印象だった。私はどの展覧会へ行っても、タイトルは見ないようにしている。見ることによって、自分の味わいを引きずられたくないからである。逆に言えば別人が味わっているものに、世話を焼かないことである。だが、時には触ってみたい作品などもあり、五感が回転し始めているのがわかる。

権力者に、重い物を運べと命じられた男が、持ち上げた物の

重さに耐えかねて一旦荷を下ろすが、やおら力を振り絞って運ぶさまに見えたから、仲間に話すと、ニュアンスの違いこそあれ、類似のストーリーが浮かんでいたようである。「俺は答えを見ちゃったよ、『シシュフォス』って、書いてあったもの」とSが言う。更に「黒い荷のマークは島津藩の家紋かと思ったよ」と言えば、T曰く「放射性同位元素の印だって画伯が言ってたよ」。そう言われて思い当たるのが、あのギリシャ神話だ。

シシュフォスは神話の中のコリント王である。ゼウスの怒りを買い死神を送られたが、死神を騙し捕えたため、暫く死ぬものが絶えたという。重なる悪行の罰として、地獄で絶えず転がり落ちる巨岩を山頂へ運び上げる、永遠の空しい苦役を課せられたという話である。

画伯は、それをモチーフにして現在の原子力依存の社会へ警鐘を鳴らしているのではないか。いつもは裸婦を描いているが、裸体に陰茎が、重荷の黒が、危険物の放射能が、人類の背負った苦役を象徴しているのではないだろうか。

「こりゃ、あなたの人生そのものだな！」と言うSに画伯は応えなかったが、誰もがそこに自分の人生を見たはずである。

画を観る楽しさは、互いに同じものの中に共通項を発見できる喜びでもあり、それがないとしても、私の脳中の美術係は私が作者と一体になったとき、鐘を鳴らして喜ぶのである。

今私はその日の余韻に浸っているが、これもまた画のもたらす楽しさの一つである。それをもたらすのは、書くという行為をする私の手であり、あの画をもたらしたのは画伯の手である。

『〝手〟を巡る四百字』という本を数年前に読んだとき、「手は人生なり」という言葉が添えてあったが、入ったレストランでの食後、その意味からみんなで「手の記念写真」を撮った。私はそこに「12×6=手」とタイトルを付けて、当日中に彼らに送っておいた。干支を六巡した人たちが、未だ暫くは頑張れそうだと感じたのは私だけではあるまい。

人を喰って生きているような人種もいる世の中で、画で喰い、画を喰う輩がいてもおかしいことではなかろう。

「一足お先に」の暇乞いに差し出した私の手は、夫々の手に握り返されたが、喰った画のエネルギーなのか、誰からも温もりが伝わってきた。

ついでながら記すと、「手の写真には、夫々の名を書き添えて送ってくれよ」と誰かに言われたが、家内は四人の手を全部言い当てたから、より鑑賞眼の確かな諸兄の奥さんの眼力を信頼してやってはくれまいか。

（二〇一五・〇五・一九）

浅見光彦の住む街

三週前に通った駒込駅ホームの躑躅が、今日は赤い花を落とし、すっかり緑一色の衣装に着替えていた。出口の一つは階段を下りるが、旧古河庭園へ向かうには、上る方の出口が便利で、その辺りが丘陵地帯にあることを訪れる人に告げている。

駅前の本郷通りを右へ進むと、暫くだらだらと坂を下り、左カーブを描きながら十分ほどで薔薇の花咲く庭園である。

ニュース映像で満開を知ってから五日。訪れた日は既に遅く、萎れかかった花にレンズを向ける人もいたが、萎みかかった命を愛おしく思えるのであろう、初老で小柄な女性だった。

鹿鳴館やニコライ堂と同じ、ジョサイア・コンドルの設計になる洋館を後にし、出口で「ミステリーウォーク２０１５」の冊子を手に取る。北区と豊島区に跨る商店街が地域活性化のために、誘客を図るイベントが載った、二十四ページ建の小冊子である。作家内田康夫の小説に登場する名探偵浅見が、この地域に住んでいる設定なのだ。

　帰り道は、細い道の霜降銀座から入り、染井銀座、西ヶ原商店街、西ヶ原銀座商栄会と抜けて都電滝野川一丁目駅へと向かい、大塚駅へ出る方法もあるなぁ、と考えたが引き返すことにした。

　冊子の巻末に「第14回北区内田康夫ミステリー文学賞」作品募集中の告知があって、そこに詳細な応募方法が載っている。触発されたのは、作品への応募でなく、発行日が差し迫ったボランティアグループの定期通信発行のための原稿文字数対処のことだ。自称素人編集員の面々が、介護という重荷を夫々に背負いながらも、会合の様子を記録し、会員とその周辺に伝える会報作りをしている。依頼したゲストの原稿文字数が紙面に入る、入らないで苦慮していた原因を見つけたのだ。

要項にはサイズや絶対文字数の最少、最多がきっちり明示されているが、四百字以内と伝えるだけでは受け手と依頼側に微妙なズレが生じることがあるのだ。日本語の曖昧さは時にプラスに、時にマイナスに作用する。視力の減退で編集から外れた私も、受けた相談のアドバイス程度はできるから、これから対応法の返事をしよう。私より八年先輩の内田も、今頃軽井沢の自宅で文字数と格闘しているかも知れない。

それにしても、光彦は相変わらず母親と同居し、三十三歳で年も寄らず、架空とはいえ転居されたら困るのは住民だから、そのままが良いのかも知れない。

（二〇一五・〇五・二四）

議員に勧めたい傾聴講座の受講＊

慢性病の経過観察に必要な採血採尿のため病院の検査室を訪れると、壁面の告知板は既に三百番を指していた。室内には八人の担当者が各々の窓口で次々と患者を捌いていく。名前で呼ばれて着席すると、もう一度姓名を聞かれる。「椅子をもう少し前に出しておかけ下さい」。腕まくりした左手に駆血帯が巻かれる。「はい、では親指を中にして掌を握って下さい。直ぐに終わりますからね……」話しかけながら手際よく五本の容器に採血していく。「終わりましたよ、痛くなかったですか？」

同じ窓口で、過去には採血跡が内出血のため長いこと消えないでいたのに、この人の上手さはどこから来るのかと訝るほどで、チクリとした感触はあったものの、腕の針穴に血の跡もなかったがそれでも止血のテープを貼ってくれた。「ありがとうございます。上手ですね。全く痛みを感じませんでしたよ」

帰宅して知人の看護師に採血や注射はどんな風に練習するのか聴いてみると、「私たちが看護学校で習った頃は、生徒同士が互いの腕にビタミン注射などをしましたが、今は採血や注射を訓練するキットがあります」と。どうして上手い人と下手な人がいるのかと問えば、「技術的な上手下手や、針の大小もありますが、一つには経験の積み重ねです。私は患者さんの側に寄りそってあげることだと思っています。特にあなたがその看護師を褒めてあげたように、良い結果を伝えてあげると、看護師はその感触を覚え込むのです」。どうやら、痛ければ痛かったと言ってあげることが、新人看護師を育てる源になるらしい。

この体験からも傾聴講習の実習で、聴き手と話し手と観察者に分かれて行うロールプレイが如何に大切な技術講習の一つであるかが理解できます。看護師の注射や採血実習には、それが不足している嫌いがあり、傾聴のロールプレイに観察者がいて、話し手、聴き手の両者に良否の具合を即座に教えてあげることが三者ともに役立ち、注射の実習との違いを際立たせています。

見様見真似という言葉があります。この頃気が付いたのですが、認知症介護者支援の会に数年参加してグループ傾聴をしていると、私たち傾聴ボランティアと同じような言動を、介護家族の人たちも、知らず、知らず、取り始めていたのです。

参加者は誰もが、人の話を遮ることはありませんし、話すときは話し、自分が聴き手のときは最後まで相手の言うことに聴き入ります。聴く人も同じ立場の人たちですから、共感的に聴いてくれているのです。

六月の東京都議会本会議で、女性議員（35）が晩婚化等の対策を質問中、「早く結婚した方がいいんじゃないか！」とか、「子供を産めないのか！」等々のヤジを受けたことが報道されました。政治家が参加する番組をよく見ますが、それが討論番組であったりすると、多くの政治家は自分の意見を主張するに懸命のあまり、相手の話を平気で遮り、その多くはじっくり相手の考えを聴くことがありません。自分や所属する政党の意見が全てであり、他を排除するのです。司会者の進行具合に左右されることもありますが、基本的には、相手の発言を傾聴しているかどうかであり、傾聴技術がないからあの都議会のような、ヤジが発せられるのでしょう。

傾聴ボランティア講習の修了者には、到底考えられないことです。質問者の背中には彼女を当選させた有権者がいるのです。あの質問は投票者（話し手）がしているのです。当初「私はヤジっていない」と記者に答えていた男性議員（51）が五日後には、一転してそれを認め質問者へ謝罪したのですから、明らかに嘘をついていたことになります。そんなことで、国民の声に耳を傾けた政治ができるでしょうか？

公僕の内、議員と称する人の聴く力は、討論の様子をテレビで見聞きする限りお粗末としか言いようがない。話すだけに軸足を置いている政治家には、話すより先に聴くことの重要さと、ロールプレイを組み込んだ傾聴講座を受講してもらうと、あの看護師のような、サイケツ上手になるだろうと思うのですが、いかがでしょうか。

（二〇一四・〇五）

なぜか鈍感・なぜか過敏反応

福祉サービスの質的向上と、サービス提供者への経営支援などを目的とする全国組織がある。各地にある組織は地域ごとに活動するＮＰＯや団体を紹介する冊子を発行している。

それを見た人が、中の一つに興味を持って事務局に問い合わせをしたのは、個々の団体の連絡先が載っていないからである。

係が応えて「生憎と担当者が出ていて分かりませんので、戻ったら電話をさせます」。やがて電話が入ったので「〇〇会の代表者に連絡を取りたいのですが」と問うと「それはＴ地域センターの扱いですから、そちらでお尋ね下さい」という。冊子を見た人は、その応えにがっくりし、別の知人ルートで辿りつき参加したという。

見た目の冊子は立派だが、載せた情報に即座に応えられない対応は鈍感極まりなく、私なら見た人に申し訳ないと思う。

こんな話もある。

車椅子の生活を余儀なくされた奥様と介護しているご主人が連れだって、楽しみにしていた新宿御苑での昼の会合に出席したときのこと。主催者や学生の援助者とともに最初の見学場所、大温室に移動した。眼の合った学生にサポートを依頼して、自分たちは名札を示して挨拶をしたが、「ハイ」という返事だけで、名札もなく自己の名前の紹介もなかったという。やむなくご夫妻は「学生さん」とか「綺麗なお嬢さん」と呼ぶしかなかったそうだ。それでも互いに相性は良かったのか、記念写真を五枚も撮ったそうで、それを送ってあげようと今度は住所を尋ねると、「先生に聞いてきます」とその場を急いで離れた。ボランティアするのは立派なれど、自分に関する判断を人に頼っているのだ。女性の引率者が二人の学生とやってきて名刺を出しながら「この学生の写真は私宛、封書かメール添付で大学にお送り下さいませんか」と挨拶をされたので、結果そのようにしたそうだ。

しかし、彼は「楽しかったには、楽しかったのですが、いろんな事件があるからでしょうが、『警戒心もここまで来たのか』と思うと、なんか変な気持ちだったなぁ」と言葉を添えるのを忘れなかった。

二つの例はともに相手に充分な満足を与えられなかった話だが、良い冊子を作ったし、良いサポートをした自分の側の満足はあるだろう。両者が本当の意味で、サービス授受の喜びを分かち合えるのは共鳴、共振したときなのだが、相手方がどんな音を発しているのか聴こうとしなければ、その声は聞こえず、鈍感というに相応しく、逆に不要な雑音まで取り込むと、今度は過敏すぎることに繋がっていく。

二、三年前のことだったろうか、ジャポニカの学習帳の表紙写真にある昆虫の顔が、気持ち悪くて使えないから売らないでほしい、とノート製造元に苦情が寄せられるようになって、この会社はその意見を採り入れて、昆虫を廃止し、今は花などの写真に代えたそうだ。

そのことも、介護の知人が感じたように、火事でもないのに、過敏に反応してしまった火災報知機のようでこの会社も何か変だなぁ、と思ってしまう。嫌な昆虫を見たくなければ、それを買わなければよいだけのこと。誰も買わなければ自然淘汰されるのだ。

それより、廃止によって失われるモノの大きさを忘れてはなるまい。昆虫の造形美を、生態を、人間への応用を、などと、思いを巡らすと楽しさが沢山見えてくるではないか。

クレームをつける感受性はあってもいいが、自分の周りから排除してしまえばいいというのはいかがなものか。

サポーターの学生たちも、人工物に囲まれて育ってきた結果、生きているものに対しどのように接したらよいのか判らなかったのであろうし、先生も同じなのかも知れない。

何故なら、あの学習帳に対するクレームを助長した中に多数の先生方がいたと言われ、その背景に昆虫を見たり触ったりできない先生がいる時代だからである。

あのノートを廃止した企業は過敏であり、対象者への配慮不足の冊子発行者もサポーターも鈍感と言えよう。

ここまで書き進んだところで妻が医者から戻って来た。

「またお薬手帳を貰って来たわ……」

「ええ、また貰ったの？」

「手帳を持たない人には、薬の名を書いたラベルを出せないんですって」

そんなことはないだろう、という言葉を私は飲み込んだ。

薬局は、自分に課せられた法を守ることが第一と、暗にその立場を主張しているのである。

が、患者側から見ると手帳に付随すべき、体調伺いの会話もなく、何のための手帳かということになる。後発の薬（ジェネリック）にこんな薬がありますよ、と勧められることもない。安い薬を勧めることは、自らにとって得にならないと知っているからである。

患者が何故それを持ち歩かないのか。持ち歩けば良いことがあると、教えてくれる人は殆どいないし、通り一遍だから、ぱさぱさとした関係が変な感じとして残るだけである。優先すべきは誰のため、何のためかを心得て、身も心も弾力性のある人に巡り会えるのは、人生においてそう多くはないのだ、と自分に言い聞かせておくとしよう。

（二〇一五・〇六・〇三）

「忙しい」と言うなよ

贈られた本を読んで感銘を受け、挟んであった著者の名刺にある番号に電話をかけた。二日目になっても「ファックスの方は送信して下さい。お電話の方はおかけ直し下さい」とメッセージが入るのみ。生活のリズムを知らないければ、自分の感覚だけで、常識的にこの時間なら大丈夫だろうと思うタイミングでかけるしかない。

面識のない方の本は、級友が送ってくれたもので、「知人の浅野さんの講演会に行き、感動しました。お母さまを懐かしむひとときに、ページをめくって下さい」と、一筆箋が添えてある。

画文集で、『母のことば　たんぽぽになれ』と題したB５判の本は、田舎育ちの私に古き良き時代を思い起こさせる農産物や海産物をモチーフにした画がたくさん載っている。

今はこれらに眼を通す時間ができたから、じっくりと楽しみ、硬い本は時として後回しにしてしまうのが常である。

現役で仕事をしている頃は、ただただ頭も身体も忙しかった。ホテルの仕事に就いた青年期から会社を去るまで、やむを得ない職業とはいうものの、全てはお客様第一とするので、食事中もトイレにいても、果ては自宅で睡眠中も、電話に追いかけられ、受けることはできてもかけている暇のないこともあった。

どんなに要領よく仕事を処理したとしても、忙しさというやつは、そのとき必要な人を追いかけてくるものらしい。

二十代は未だ充分に体力で応えられるからいい。三十代の始め、勤務明けで招集された草野球に練習もなしで試合に駆り出された。頭上に飛んできたボールを二塁ベース付近でキャッチできるはずだった。頭だけはついて行ったが、足が及ばずに落球。初めて体力の衰えを感じ、ショックで勝負の結果など記憶にない。夜間勤務の連続は、結局命を削っているようなものだと思うと、それからは身体を労るようにし、無謀なことも控えるようになった。

世に忙しさを売り物にしている人たちも多い。特に芸能・スポーツ・政治・経済などで著名な立場の人たちは実際に忙しいし、自分でコントロールできず他者に動かされていると も言える。それに対し収入が伴えば良しとする人もいるだろうが、誰かに搾取されている場合だってあり得る。忙しい人は、それ自体に張り合いを感じているのだろうし、誇らしいとも感じているのであろう。

早晩の違いがあっても、忙しさに加齢がブレーキをかけてくれる時節が誰にも到来する。若いと煽てられて走り続ける人もいるが、さすがにそんな人は多くはない。

大阪で弁護士をしている知人も、昨日の電話で、大病をしてから、テニスをする日、カラオケをする日等、息抜き日をきっちり決めて休養を優先させていると話していた。

そのつもりで同年代に眼を向ければ、大方仕事も趣味もスローダウンさせているから、出来る人は忙しいなどとは言わず、さすがと言うしかない。

五十代の坂を歩いている頃、郷里で自営業をしている知人が言ったものだ。「定年になったら、キョウヨウがなくっちゃダメらしいよ」

忙しいの反対で、暇を持て余すことも苦痛になり、「今日用がある」ことが生きて行く上で必要だという訳だ。

そのことへの対応をしていた訳ではないが、最初のホテルで上司となった海軍兵学校出身の支配人は、「仕事は、自分で探し出してするものです」と、指導してくれた。それが習い性となっている。

著者が見返しに揮毫してくれた「どうぞこれからも、人さまのしあわせのために力を尽くして下さいませ」を具現化していくには、やることは山ほどある。かと言って忙しくはない。そのいい加減さがいいではないかと、せめて自画を自賛したいのだ。感動という伝染性のウイルスに感染して、誰かにあの本を贈ろうと、依頼の手紙を出してから三日目に、電話が通じて著者が言った。

「お手紙を今読み終わったところです。すみません、何度も電話を頂いていたようで、ちょっと外出していまして、今戻りました。会いたいと仰る方がいて会ってきました。ちょっと忙しくしておりまして、失礼しました。主人には〝忙しいと言うなよ〟と言われているのですが……」

売れっ子に転じた彼女が、講演会やトークショーにと、引張り凧であるときこそ、要注意だと夫君は気が付いているのかも知れない。聞くところでは、精神科のお医者さんとのこと。「忙しそうですね」という言葉を褒め言葉と受け取る人もいるだろうが、「自分を偉そうに見せている」と看破して皮肉が込められている場合もあるのだ。心にゆとりがあれば、「忙しい！」とは確かに吐かなくてもよい言葉かも知れない。

年を取れば緊張という重さに耐えることも段々難しくなる。「忙」とは、こころを失うことと知っていて、奥様に贈った労りと、制動の言葉であろう。

（二〇一五・〇六・一三）

小さな贈り物

高齢者向けの体操教室に顔を出して五年になる。マットの上に大型封筒が置いてあって、近づくと「ありがとうございました、ラブレター入れておいたからね」と、近くから声がかかった。

どういう拍子にそうなったか忘れたが、「知人の出した本ですが、読みますか」と声をかけた近くの席の女性が「はい」と言ったので、同じ町内にあるお宅のポストへ先週届けておいたものが、返却されてきたのである。

「ご親切にありがとうございました。主人と息子、三人で楽しませて頂きました。素晴らしいですね、絵とことば　字。本当にありがとうございました」と、お孫さんが使うような小さな便せんにメッセージがあり、年次の違うお年玉当選切手シートが三枚封入されていた。

暫く前、著者と同じ市内に住む義妹に、著者から届く本を預かってくれるよう頼んだ折に同書を彼女の孫用にプレゼントしたら、妹からドサッと贈り物が届いた。

「今日も暑いですね。デブの私には辛い季節です。昨日浅野さんに会い、本を頂いて参りました。とても素敵な本です。葉月にもありがとうございました。絵の温かさは葉月にも伝わるとおもいます。長柄の野菜を入れておきます」

どちらの話も、取り立てて何かをしてあげた、というわけではない。それなのに、この嬉しさはどこから湧き出るのか。短い文の中に見えた、一冊の本が結ぶ家族夫々の幸福感という、無形の贈り物も一緒に受け取ったせいであろう。

戦前から戦争直後、日本の貧しい時代に我が家は、祖父母と両親と五人の子供で、今から見れば大所帯だった。物資の不足していた時代に、近所から頂き物をしても、充分なお返しができるわけでもない。母はいつも頂き物の入った重箱を洗って返すとき、中につけ木（檜などの薄片の一端に硫黄を塗りつけたもの）か、マッチの軸を数本入れてお礼にしていた。火を点けるマッチにさえ不自由していた時代なので、頂いた側はその配慮が充分過ぎるほど判ったのである。

その無言の教えは今の私に引き継がれているらしく、小さな贈り物を頂くと感動するのである。

どんな高価な物を貰っても喜ばない人はいるし、小さくても喜ぶ者もいて、その人に合った贈り物の選択は難しい。年間三百通前後の手紙を出す私には、あの小さな心遣いが嬉しいし、丹精を込めた野菜も有り難くて嬉しい。

相手のこころにヒットするかどうかを判らぬまでも、小旅行で見つけた小さな物を誰にあげるともなく、用意だけしておくようになったのは、母の姿を見て育ったからかも知れない。

（二〇一五・〇六・一八）

ツバメと会釈・一瞬の記憶

色濃くなった樹木に四方が覆われる六月の下旬。義母のいる施設を訪ねる途次に立ち寄った道の駅。脇を流れる名水百選の雄川堰から流れくる川や、出入りする車を眺めてコーヒーを飲んでいた。円テーブルが結構な空間に幾つも散らばった屋外テラスでは、隣席は殆ど気にならない。

左側の上から下へ、黒い線が瞬間的に走るのが目に入ると同時に、「ぱさっ」と微かな物音がした。それを正面から見た妻は「あっ、おっこっちゃった！」と、声を上げて駆け寄ると、すぐさまそれを拾い上げた。

見上げると木造屋根の梁に巣があって，四、五羽の子ツバメが餌を欲しがる声とは別の声で、「だいじょうぶか！」と言わんばかりに一斉に大騒ぎしている。隣にいたヨチヨチ歩きの男の子も駆け寄る。

妻はツバメの雛を、小さく両手を広げた子供の掌に乗せる。やっと羽根が揃って飛び立とうとしたのだろうか。いや親鳥の帰巣を待ちかねて首をのばし過ぎて、落ちたのかも知れない。すっぽりと包まれた両手の間から、顔を覗かせる子ツバメを、どうしたものかと、しげしげ眺めやる幼児はいたく可愛い。

「お店の人、呼んでこようか」「梯子がないかしらね」周りに声が飛び交う。三メートル弱の梁から落ちても元気があるのは、幾らか飛ぶ力があって衝撃を和らげたのだろう。元の巣へ戻してあげるべく、自分の椅子を踏み台に、幼児から雛を受け取った。背伸びしてようよう納めると、安心した子供の顔が見えた。

遠方のテーブルに知人を見つけた姉は先に離席した。子ツバメが幼児に引き合わせてくれたテーブルを去り際に、子供の母親とその祖母らしき人たちが、私たちの方にコクリと会釈してくれたのが一瞬の印象として心に刻まれた。

千葉県中部、母の実家は水田地帯で、春先に飛来したツバメは初夏の軒先に巣を構えて卵を産み、虫をついばんで子育てし、秋には南方へ旅立つ。益鳥として誰もが可愛がり、糞を気にする人もいない。米を作る農家が減り、農薬の散布で害虫も減った代わりに、風物詩のツバメもその数をめっきりと減らしたようで、姿を見ることが珍しくなった。

あの母親たちのように、軽く会釈できる人さえ減ったように思う。家内は「子ツバメの命の感触を子供に教えてあげたかったから渡した」のだと言う。翌日も道の駅の傍を通ったが、イベントが開かれていて車を止める余地もなく一期一会を感じた。三歳だった私が戦争を覚えているように、あの子にとって、瞬時の初体験が良い記憶となっていつか役立ってほしいと願うばかりである。

（二〇一五・〇六・一三）

左官職人（炉壇師）榎本新吉を聴く＊

携帯電話や財布を忘れたことに気が付くと、手元に無いことで不安に駆られたことはありませんか。人は、もたらされる情報をどんな具合に受け止めるかによって、喜怒哀楽、何らかの行動変化が生じます。

「今朝、父が息を引き取りました……」ご子息が淡々と電話で事実を伝える声に、午睡をしていた私の心は乱れました。呼吸を整え「判りました。四時過ぎには伺います」と言ったものの、話し相手を失った動揺が現れ、それからすることはちぐはぐで、辛うじて数珠と経本を鞄に入れて、生者必滅、会者定離と自分に言い聞かせながら、弔問に向かいました。

旅立った方は、左官職人・榎本新吉氏（行年八十五歳）。

自分が良い聴き手であったかどうか、疑問が残りますが、新吉氏はその職業の技と同じに、聴き手の心にしみる話の小箱を持った、話し上手でもありました。

人は氏のことを、榎本さん以外にも、親方、先生、師匠、名人、兄さん、おじさん、お父さん等、自分の置かれている立場で様々に呼びました。ここでは氏と呼びますが、傾聴の始まりは、三人のお子さんや奥様、親戚縁者などの人間関係の話が主体でした。年々心が整理されたのでしょうか、その内容は徐々にご自身の左官技術と日本の伝統的木造家屋や文化に関する話が多くなりました。

十年半に及ぶ個人傾聴で、私事に属する部分は除いて、聴いた話を氏の語録として圧縮し、皆さんの参考に供することで故人の遺志に沿いたいと思います。

●榎本新吉の職人訓

0歳から10歳　養ってもらう
10歳から20歳　勉強する
20歳から30歳　修行する
30歳から40歳　働く

40歳から50歳　仕事をする
50歳から60歳　仕事を仕上げる
60歳から70歳　仕事を指導する
70歳から80歳　頭で働く
80歳からは仕事と遊ぶ

●左官の基本はまず泥を知ること、技はそこから始まる

●壁全部を土で塗りなさいなんて言わない　土を部屋に持ち込む方法はあるんだよ

●義理をかくな　汗をかけ

●壁を塗る前にいい壁ができますようにって、祈りながら塗るんだよ

●伝統と伝承は違うんだよ　革新なくして伝統とはならない

●左官の本質はやはり土で塗った壁　それを何とか残したかった

氏の師は京壁の名人と言われた山崎一雄氏。

師事していた頃、名人と呼ばれた職人が全国にはたくさんいました。が、新建材と工法

06年ドイツテレビの傾聴取材で榎本新吉氏(右)と

の変化に押されてその技術と職人の数が減退しました。

高温多湿の日本では、土壁と木の家がエコであり住環境に良いと見直されるようになってきました。

氏は新聞、雑誌、テレビや大学の講義等のあらゆる機会を捉えて、伝統技術の保持継承について、聴かせたり教えたりすることで後世に伝えて貰いたかったから、私のような傾聴ボランティアにも繰り返し話してくれたのだと、今にして思います。氏の遺したものに「榎本流現代大津磨き」の技法による土壁の見本「光る泥だんご」があります。粘土は磨けば光ります。氏が遺された言葉も、夫々の人が自分流に言葉を置換して磨けばきっとその人を光らせてくれるのです。傾聴冥利に合掌。

現代大津磨きの泥だんご…まるい壁！

（二〇一三・〇六）

夏から秋へ

俳句集から学ぶ

降車駅では後ろが便利だと考え、車両を移動しながら空席を探して座り、本に眼を通す間もなく、視線を感じた。

さっき眼の前の座席に座った人だ。似ているが……、と双方で思ったのだろう、声を掛けられたのは、暫くご無沙汰しているご婦人だった。野球場でユニホームの選手は判り易いが、私服の場合判り難いようなものだろう。家人が出かけ、手を休ませる時間が出来たので、都心の本屋さんへ向かう途中と言う。大好きだった知人の本を贈るので、読んでやってほしいと言われ、偶然の出会いを喜び合い、短時間で言葉を交わして別れた。

送られてきた本には、第二句集『寒昴』とあり、ハードカバー二百頁に三百五十句が載っている。一頁二句のゆったりした作りである。連なる文字は著者のあとがきと、実弟英夫氏の後記のみ。それによれば、章毎の扉や表紙の挿画は著者の甥の作品とあり、この句集が遺作集であり、お身内の方による精魂込めた鎮魂の書であることが伝わってくる。

著者は居所を栃木の益子町に置いた陶芸家であり、俳句の作家でもあったが、軸足を窯に置いたことは、三枚のモノクロ写真と、作品の句が語っている。

どちらかと言えば、人生を揶揄したり毒を吐くような川柳の方が好きな私でも、生活に根差した俳句を、自己流で鑑賞するのも楽しみである。

俳句ほど一文字が情景を変える文学はないだろうし、詠みが上達するほどに一語に込める内容が多くなる気がする。平たく言えば、手持ちの語彙がどれだけ豊かにあるか、なのだ。

さて、そうなるとしばしば私の手に負えなくなって、今度ばかりはたっぷりと辞書に相談する。ところがその辞書さえ、最近の電子辞書はからきし、日本語に弱いから、漢和辞典様を頼むのである。

タイトルの「昴」は、谷村新司のお陰で知っていても、著者の使う「轆轤」となると途端に読めない人が多くなるだろうが、本職だけにその語を使って七句も登場する。「ロクロ」と表現しては、俳句の味がでないのであろう。

日本語の特性で、平仮名が良い場合も片仮名が良い場合もあるからその気持ちは尊重するとしても、知らない言葉や文字に出くわすと、俄然知りたい病に罹ってしまう。

句を覚えるより先に、知らない悔しさが先立った。どこで読んだか失念したが、「芒」

の字があった。すすきであり「薄」でもある。その昔、屋根を茅で葺いた頃の材料である。「芒」は、調べると「ノギ」とも読む。

田舎の所有地に「二十三夜」という地名があったが、そこは通称、土地の人に「のっぎゃ」と呼ばれていた。この本から連想してみると、それを文字にすれば「ノギの野」だったのだ。「芒野」が転じたに違いない。現地は薄の山、即ち、茅山で屋根の材料を採取していたのである。

芒を刈り取った跡地で、月見の宴を開いていたに違いない。

それは、十三夜であり、十五夜であり、夜更けて昇る下弦の月であり、俳句の季語だったのである。

「揚げ雲雀」や「目借り時」など、俳句によく詠まれる言葉は未だ判り易いが「おや、何だっけ」と思う字が出てくると、普段使っていない言葉は錆ついた引き出しからは出てこないのが恐ろしい。

「辛夷」を見たときは、字面と花が一致しない。確か家の庭にあったはずだが……。辞書を引いて、なんだ「コブシ」か、ということになる。

北国のコブシについて、千昌夫に教わったわけではないが、シンイと読めば漢方薬の鎮静・鎮痛薬で、蕾を乾燥させた生薬である。

「兎馬」の章を見たときは、「うさぎうま」としか、読めなかったが、「驢馬」のことであった。俳句では兎馬だから、格好がつくのであって、驢馬では様にならないのだ。「万愚節」しかりで、エープリルフールとしていた日には、俳句になるまいが、思い出せなければ知らないと同然となる。

調べの残る「囀り」や「堅香子」は、ナント読むのか宿題である。

榾くべて　焙り焚する　登り窯

「ほた」、あるいは「ほだ」とは、焚火にする木の切れ端をいうが、田舎で炭焼きをしていた頃の両親は、楢やクヌギなどの枝をそう呼んで窯の燃料にしていた。焼き物の窯でもその情景は容易に想像できるが、チャンスのない人には、知らない言葉として通り過ぎてしまうだろう。

作品と共に、良い本を遺してくれた、著者とその遺志を具現化したご家族の方々に感謝したい。

（二〇一五・〇七・〇四）

手作りの本

平日午前の上り電車内は、ポツポツと座席が空いて、立っている人もパラパラといる。相も変わらずスマホに眼をやっている人が多い。右から左へと首を回すと、十九人も画面とにらめっこしている。本を開いている人はたったの一人だったから、これでは本も売れないはずである。

人物観察を終えると間もなく、手作り本の材料を売っている店に行くために降車。切れたプリンターのインクを求め、途中で電気屋に立ち寄ったが、「四階です」と言われると上がるのももどかしい。

気持ちに余裕があれば、折角来た大型電気店なのだから、いろいろ新製品などを見て回りたいのだが、次の雑貨店も同様に他を楽しむ間もなく材料を手にして、自宅に戻ってしまう。直情径行型の男が手作りの本に心を奪われているのだ。

今年に入って、知人から掌の半分程の本が送られてきた。自作の豆本で好きな童話の転載だという。昨年、別の知人からは、自作のフィギュア作品を写真に収めて、蛇腹に仕立てた手作り本（折本）が届いた。いずれも制作過程の熱意が伝わってきて、手元に仕舞い込むにはもったいなく、絵の大好きな姪の子供に届けておいた。それかあらぬか、その子は、住んでいる街の「こども読書感想画コンテスト」で三年連続して賞を受けたという。

　こうしている間、隣のプリンターがカタカタ、ツッツーと音を刻んでいる。表紙を含めて、百ページほどの印刷をしてくれているのだ。原稿と同サイズの場合一時間弱だが、縮小版にすると、紙も文字も小さくなるから早く仕上がるべきなのに、優に六十分を超える。どうやら、人工知能はいちいち「Ａ４からＢ５へ変換せよ」と命令を出しているらしい。機嫌が悪いと、紙を捩ることもあるし、静電気のせいにして、二枚合わせて排出するから、裏面は印字されていないこともあり、見守りが必要だ。

　それにしてもインクの減り方は激しい。青系の写真が多ければシアンが、赤系が多ければマゼンタが減る。六色セットを二つも買えば、プリンターを買うより高くなることもある。メーカーも上手いことを考えたものだ、などと呑気なことを言っていられない。趣味にコストがかかるとしても、割り切れない気持ちでいる

内に、印刷屋に頼んだ方が安上がりな時代が近いのだと錯覚する。

江戸時代の初めなら本は原本も複製も手書きであり、貴重さは今の比ではなかったろう。そこに人の思いが時間となって籠っているとも言えるのである。私の場合、心を込めるうちには入らないかも知れないが、今度はカレンダーや包装紙の二次利用をして、封筒も作ろうと思う。捨てる紙も拾えば「カミ」が喜んでくれるに違いない。

手作りのきっかけは手書きメモの「読書ノート」を二年前、友人に「見せてくれないか」と煽てられたのがはじまりで、拙い文字と文章を人目に晒すことが嫌で、しがない見栄が作らせたものだった。その二集目となる原稿が仕上がって、先日から周りの人たちに、製本して順次送り始めたところである。このテンポなら、三、四カ月で予定の人数分を作って送れるだろうが、その分読書時間が少なくなっても、止むを得まい。

遅い時間に宅急便が届いた。表書きに内容物、「本」とあるから、送り主が出版したのかも知れない。カバーは「八重洲ブックセンター」のものである。しゃれた専用箋に筆文字の手紙が入っていた。

送った小冊子への丁寧な礼に加えて、同封の本『一條の光』（耕治人著）を四十五年前に手にした経緯が述べてある。小冊子に載せた文を読んで記憶が蘇り、探し出して再読したのだそうだ。

彼が画を業とする今になって、改めてその表紙の挿絵を見ると、あの熊谷守一が担当したことを知ってびっくりし、画と本を味わい直したというのである。

熊谷守一美術館は二〇〇七年から豊島区立になって、同区千早町にある。館長は守一の次女で彫刻家の榧さんだが、お元気なのだろうか。一回り以上年上だが、その昔絶品のコーヒーを入れてもらったことを覚えている。近いうちに行ってみよう。文庫では味わえなかったが、送ってもらった原本の表紙を榧さんに見せたら何と言うだろうか。

四十五年の眠りから覚めた本は、出久根達郎の直木賞受賞小説を彷彿とさせる独特の臭いがする。朱色の発行検印も懐かしいが、黄色地用紙に別刷りで、井伏鱒二の読後感が一枚はさんであるのもユニークだ。

ＩＳＢＮ（国際標準図書番号）のなかった当時も、それがある時代の今も、良い本は良い本なのである。凝るつもりはないが、小冊子といえど熱は込めて作りたい。ああ、肩が凝った！


（二〇一五・〇七・一一）

茶の湯の心は傾聴の心に通ず＊

平成二十三年七月。超のつく大型台風６号は、時速十キロそこその速度で逆Ｕ字に進み無類の軌跡を残して、太平洋の彼方へ消えました。逆Ｕ字台風の頂点が高知県を避けて徳島県に上陸した頃、介護者支援の会の代表者から例会を中止すべきかどうか、相談のメールが入りました。参加者の足元を気遣って、多くの世話人が中止を望み、代表は六年目にして初めてそれを選択しました。Ｕターン台風の結果から見れば、世話人の誰もが中止したことに臍を噛む思いでした。

台風のせいで少し予定がずれて個人宅を訪れたのは、夏とは思えない涼しい日で、居間には主人公がおらず、酸素ボンベから引かれたチューブが「主は地下室にいますよ」と言わんばかりに導いてくれました。

「お〜い、少し待ってくれ、直ぐに終わるから……」

客人を相手に日本中から集めた色のついた粘土を小分けにしていました。

やがて居間に戻った親方は、私が訪れる度に聴く話を語り出しました。「自分の母親が去年亡くなっても葬式に顔も出さなねぇんだ。何考えてんだか、困ったもんだ」と、ひとしきり娘への愛おしさを滲ませて話すのです。それまで入院していた親方は「病院にいる間テレビばっかり見てる訳にいかねぇしな。これを作ったんだ、なんだか判るか」。

直径五センチから十五センチぐらいの色とりどりの輪は、神社で見る「茅の輪」のようでした。

「鍋敷だよ。今は昔みたいな鍋は少ないから、丸い花瓶なら台座にしたっていいだろうし、単なる飾り物にしたっていいんだ。材料は荷物を縛る紙ひもだよ、エコだろ……」

職業柄手先の器用な親方は、左官に使う鏝も刷毛も自分で作ってしまう人です。

「金もかからんし、人にあげれば喜ばれるし、いいもんだよ。二つ三つ持ってくかい」

「はい、頂きます」

「んなら、この本もやらあ……。俺が炉を納めた茶道の

紙ひもを利用した鍋敷

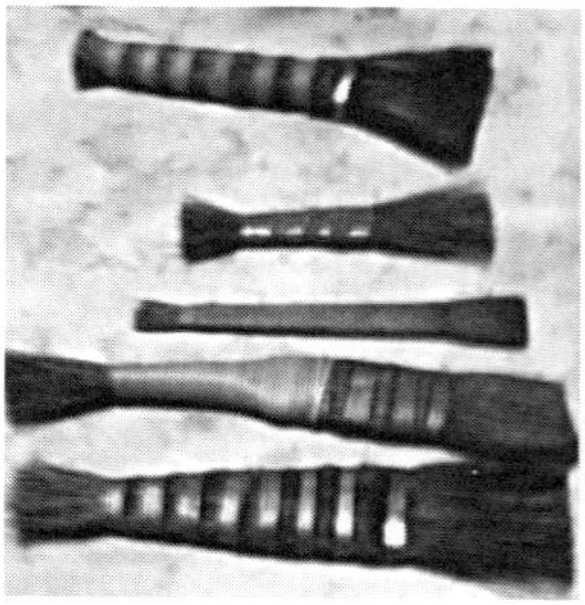

棕櫚で作った手製のブラシ

家元が書いたもんだ」

炉壇師でもある親方の話は尽きず、同席していた高校で美術を教えているという先生は、私より熱心に話に聴き入っていました。

帰路の電車内で『茶の湯の宇宙』（小堀宗実著、朝日新聞出版）を開くと、そこにはお茶の世界が広がっています。

客の粗相は亭主の粗相なり
亭主の粗相は客の粗相と思うべし
味はふべき事なり
客の心になりて亭主せよ
亭主の心になりて客いたせ

出雲松江藩主・松平不昧《ふまい》の先の言葉を引用した後、「茶の湯ではこのようにもてなす側ともてなされる側が、互いに気を遣いあい、主客一体となって一期一会の素晴らしいひときを作り上げます」と書いてある。

沢庵禅師も同様のことを言っています。それらの所どころを「傾聴ボランティア」「話し手」などと置き換えてみると、日本文化がぎっしり詰まった茶の湯の精神が傾聴ボランティアとしての心に通じるところが随所に出てきて驚かされます。親方の話を聴かなければ得られなかった知識であり、心の満足です。今日の機会を得たことを感謝します。

そうそう、中止したあの定例会は、茶の湯の心、即ち傾聴の心を解する世話人が多かったからでしょうか、それから一週間後に場所を変えて開催し、介護者から濃密な話を聴いたことだけ付記しておきます。


（二〇一一・〇七）

結婚と財布

ラジオの人生相談で五十代の主婦が相談していた。「娘の学習塾代を夫が払ってくれないのでどうしたらいいでしょう」

応じているのは弁護士だが、「子供さんの教育費に関することですから、ご主人とよく話し合って下さい」という至極平凡な回答だった。聞いていると、兼業農家で収入はご主人が管理し、家計費として月額八万円が奥さんに渡され、その中から子供の教育費や諸々の経費をやりくりしているらしい。

ただ、全体の収入がいくらあるのか、借金がいくらあるのか、相談者は把握していないらしい。

「金の切れ目が縁の切れ目」などとも言うが、それは健全な夫婦関係の家庭とは言えない。両者を結びつけているのがお金だけだから、それが尽きれば全てが終わるからだ。

結婚生活を維持するには財布の管理が重要で、両者の経済観念はその生活が続く限り、ことを決する度に付いて回る。

数年前古稀を過ぎて初めて結婚した男が、土地を売り家を建て直して暮らし始めたが、子連れで再婚した女の方は、勤めを辞めてパチンコ屋に入り浸っているとの噂が流れている。詳しい経緯は知らないが、世間の人は意外と醒めた眼で他人の財布を見ているものだ。

よく言われる離婚原因に「性格の不一致」があるが、「カク」抜きの不一致というのが下世話な見方である。

また因として「浮気」「暴力」などと一緒にやり玉に挙がるのが、「浪費癖」や「お金をくれない」など、お金にまつわる所為も多い。

現にある知人の場合も二人で結婚予定を報告に来たとき、「どちらが財布を握るの」と聞くと、即座に男が「彼女に任せます」と、私の眼の前で公言した。が、短い結婚生活の中で、生活費には彼女の預貯金を使い、男は自分の収入は自分の趣味に使い、彼女の蓄えが切れる頃離婚したから、彼女には高い授業料だったろう。

では、自分の両親や祖父母の時代はどうだったかと考えると、その実態を知っていたわけではないが、両親の場合は母が財布を握っていたようだし、明治生まれの祖父母の時代は祖父が仕切っていたようだ。それがどちらであれ、家計というものは、両者が全体像を共有している方が良いような気がする。実家は農家だったから、田畑山林のような土地や家屋を所有しているかどうかが、結婚に際しての経済的裏付けとなったろうが、今は本人の能力や資力、健康状態、学歴などがチェック項目のようだ。

男が外で働き、女が家を守るという時代から、両者が共に働くようになった今、その職業によっては、両者の収入の差が大きくなる夫婦もいる。極端に女性の収入が多い場合、形の上では男が女に食べさせてもらっている、という状態になる。それを我慢できない男もいる。が、一時期そうであっても時流の波や、自身の能力によって、男がやがて経済的に上位になる場合もある。

どんな波が押し寄せて来たとしても、経済的困難を乗り越えられる夫婦とは、どんな夫婦だろうか。

少なくとも、プライドに生きている人には難しかろうが、才覚のある人は、プライドだけで腹を満たすことができないことを知っている。同時にその困窮が生じた原因がたとえ相手（パートナー）にあったとしても、責めることはないだろう。つまり、責めても問題が解決することにならないことも知っているからである。

「財布」という家計情報を共有することで、信頼が生まれるのではなかろうか。

どちらかが財布を任されてしまうと、自分優先のバルブを開き、相手のバルブを閉めるなどの行為が始まり、その信頼も一気に崩れる。

相手から許される方法は、落語の「芝浜」に出てくるような場合である。

……ある朝、河岸に仕入れに行った亭主が時間が早いので浜をぶらついていると、小判入りの財布を拾い、自宅に戻って、嬉しさのあまり飲み食いをして酔いつぶれ、寝てしまった。目覚めた亭主に財布のことを聞かれ、そんなものをはない、「夢をみていたのだろう」と奥さんに言われそれを信じてしまう。それから、心を入れ替えて懸命に亭主が働き、店も持った三年後の大晦日、女房が見てもらいたい、と言ってその財布を差し出す。女房が奉行に届けた結果、落とし主不明で合法的に手に入れた金である……。

桂三木助の演じたこの話を祖父がよくラジオで聞いていたことを思い出す。夫婦の情愛が滲んだ人情話でもある。女房は結果としてプラスに作用するウソをついたことになるが、マイナス作用のウソなら許されないであろう。

冒頭の相談者は、結婚以前に夫となる人の隠ぺい体質を見抜く力がなかったのであろう。が、自分の考えは主張して、意見が合わなければ、二人の議論を重ねることで、そこから燭光が見えてくるはずである。

いずれにしても、財布を語る前に自分を語り、相手を知ることが、その後の生活に役立つだろう。「始め良ければ終り良し」（A good beginning makes a good ending）と言うではないか。

（二〇一五・〇八・一五）

予定は早く立てるのが良いのか

行きつけの床屋は、順番待ちの客がソファに座ると、その足元だけが外からガラス越しに見える。誰も座っていなければ直ぐやってもらえるが、運が悪ければ、先客の散髪が始まったばかりということもあり、最短の待ち時間は約四十分になる。

二週間前、お盆休みにかかるのを知りながら、こちらの都合で一日延ばしにしていると、休み明けのせいか、店内に足の見える日が連日続いて、その都度諦めた。

「どうして、理髪店はいつも混んでいるのか」というタイトルだったどうかは忘れたが、週刊誌か、誰かの随筆だったかにあった話を思い出す。

うろ覚えのジョークによる理由はこうだ。

金曜日は、明日が土曜で予定のある人が押し掛けるから混む。土曜はなぜ混むかと言えば、日曜にサッパリして出かけようとする人が来るからである。日曜日は、学校も会社も休みだから混む。月曜日には、日曜に行けなかった人が来るし、火曜が休みだと知っている人が来る。火曜日は床屋が定休だから、誰も行けない。水曜日は、前日の休みと、もともと水曜日に予定していた人が来るから混むのだ。じゃあ、木曜日はと言えば、この日は一週間で最も空いている日、と思っと人たちがどっと押しかけるから混むのだ。こうして、床屋はいつも大繁盛しているというわけだ。

学生風の肌艶のよい男が入ってきて私の隣に座り、スマホを相手に待機モードになる。持参した本を読んでいた私は、聞くともなく先客のボウリング自慢の話を耳にしていたが、それが尽きると、整髪も終わった気配がした。

入れ替わって座りながら女主人に聞いた。「これじゃ、お昼食べてないでしょ?」「ええ、二分ぐらい時間をもらって、流し込みました」と、背後から声が降って来た。

五年前に開店したここに来るようになったのは、それまでの床屋さんが家庭の事情で閉店し、店を探していたタイミングに合ったからだ。以前はかなり定期的に、それも早め早めに行っていたのは、会社勤めで時間の制約があるからそうしたが、時間が自由になる生活に浸ると、かえってだらしなくなる。

髪の毛は月に約一センチ程伸びる。人によって次にいつ散髪するかに違いがあっても、大体の予定は立つから、その日を決めておけば大抵間違いない。妻が行きつけの美容室は予約制だからその点便利だが、私の床屋さんはそうではない。

予約制にするかしないか、自営の場合どちらの方針にしても、店にとってその自由さは大事なことだ。どう使うかは客が決めればよいことだ。

二つ続いた台風が運んで来たのか、八月の末で秋風を感じ始めると展覧会や会合の案内が届き始めた。どれもご縁のものばかりだから、夫々に顔を出したいが、他の用件と重複する日もある。こんなときは期間中の成るべく前半に予定しておくに限る。後にすると行きそこなうことが多いからである。

割り込むのは大抵突発用件という奴で、滅多にはないが、家族など身近な人の変事や天変地異など、よんどころない事情である。

計画予定日の良否と共に引き合いに出されるのは、その日、その時間に予定した人の運、不運である。この夏は戦後七十年であり、御巣鷹山に日航機が墜落して三十年の節目だったから、それらの例が多く語られ、あの日満席便に予約が「取れてよかった」と思った人が不運で、「都合で取り消した」人が幸運をつかんだし、あの日広島や長崎へ行った人、離れた人で、命運が分れたのである。そう考えてみると、予定を早めにするも良し、遅くするも良しである。

その良否は繁盛する床屋の論のように、後になればいかようにも理屈はついてくるもので、予定した結果が自分にとってどんな果実をもたらしたか、その成果の満足度によって、予定が悪かったとも、良い計画だったとも言えるような気がするが、どうだろうか。

（二〇一五・〇八・二六）

一文字の誤り

四十数年前、海外旅行をご一緒した方から久しぶりに電話が入った。手紙である会合へお誘いした返事と、同封した私家版小冊子のお礼を兼ねた声の便りである。

「お手紙に、『愚稿の誤字、脱字発見の旅を楽しみながら、ご一読下さい』って、ありましたから……」と見つけてしまった喜びからか、声が浮き浮きとしている。

試作本ができたとき、編集作業に携わった経験者に校正を兼ねて見て頂いて、自分でも何回となくチェックしたつもりだったから、むしろその個所を聞くのが楽しみだ。

「どこですか」

「あのね、目次には著者の名前が篠田桃紅ってあるのね。『百歳の力』って作品の記述があるでしょ。本文のプロフィールには『篠原桃紅』ってあるの」言われればその通りである。

多くの場合、こんな率直な物言いをしてくれる人は少ない。少ないからこそ貴重であり、アリガタシなのである。そのお陰で私の冊子は、後で手にする人ほど、間違いのない活字を追いかけてもらうことができる仕組みになっている。

特に人名の場合、同姓同名もいるが、一文字違えば全くの別人になってしまう。同姓同名であるがために、病院などで赤ちゃんの取り違えが頻発した時代があって、今は識別バンドを手足に着けるなどの工夫が凝らされている。

実はその一文字違いで、昨日は平身低頭してきた。同じ冊子を町内の知り合いに一週間前にあげて、その後初めて会ったのだが、「あれ、読む気がしなくなっちゃった！」と、温厚な人がむくれている。よくよく聞いてみると、添付した挨拶状の姓名の名の方が一文字だけ違う、と言う。その人の名を覚えるとき「ああ、うちの叔母さんと同じ名前だ」と、連想で記憶したのである。が、いつの間にか頭の中で、別の叔母の名に変換してしまったようだ。申し訳なさに赤面を通り越して、しばし身が縮んだ。その日の内に作り替え、お詫びして新旧を差し替えてもらった。

「主人がね、『愚稿の誤字、脱字発見の旅を楽しみながら、ご一読下さいって、書いてあったろ、発見したんだからいいんだよ』……って言ってました、ごめんなさい、でも私も言ってすっきりしたわ」という言葉が返ってきて、救われた思いである。

私も人様から名入りの品や手紙をもらうことがあるが、一字違いはたまにある。贈り主が気付かぬまま、名前を脳内変換しているのである。自分の間違いには厳しく、人の間違いには寛大であるべし、と教えてもらったのである。

電話の主は「もう一つあるのよ」と言った。

有吉佐和子の『開幕ベルは華やかに』という文庫化された著書についてである。……言葉で面白いのは、退職した老刑事塚本平助を記述する中に「ようやく**八所算段**して買った自分の家だ」とあるが、「やところ」は、どの辞書を見てもその字句が見つけられなかったから、著者の出身地和歌山あたりの表現かも知れない……と記した部分だという。

彼女も辞書を引いてヤトコロで見つけられなかったので、「ナナ」にして調べてみたというのである。確かに広辞苑には「**七所借り**」という言葉がある。となると、有吉が言葉を取り違えたことになるが、専門家が間違うだろうか？　やっぱり、和歌山にはそういう表現があるのかも知れぬ。

幸い知人に和歌山県の出身者がいるので、尋ねてみることにしよう。

文章教室などで、句読点の重要さを教える例題に、

「ここではきものをぬいでください」

がある。漢字が使用されていれば判り易いが「、」をどこに打つかで意味が違ってしまう例である。

尊敬の念を込めて名入れをしたとしても、たった一文字違いで相手を侮辱することになりかねない。げに恐ろしきは、一文字の逆襲である。


（二〇一五・〇八・二九）

傾聴記録を紡いで臨んだ講義＊

猛暑日が続き、東京で三十七・七度の最高気温を記録した日、乗換え駅のロータリーには、一台のタクシーもいない。「寒い日より暑い方がその需要が増すね」と、バスの運転手に話を聴いて到着した会場には、講師の木村明子さんが先着し、担当者と打ち合わせを既に終えていました。

区の認知症施策推進係から依頼されていた「認知症の方を介護する家族のための講座」、三日目のプログラムのタイトルは交流会・講義「傾聴と人間関係」。

用意した資料は①自己チェックリスト「人の話が聴けているか」、②基本的な八つの聴く技術、③「ひだまり」で貰った幸せの鍵、の三種。特に③の資料は、傾聴活動をベースにした介護者支援の会が発足して、十年の歳月の中で会報誌「ひだまり通信」に記録された内容です。それを今春、臨床心理士の無藤清子氏に「会がどんな場になっているか」を知るために、頻度の多い言葉を分析してまとめて頂いたものです。

講座の時間に対応するため更にそれを圧縮し、言葉を紡げば次のようになります。

1. つながる

ズバリ「つながりの場」と表現し、「人とのつながり、社会とのつながりがあって、心強く安心」。「介護の苦しさ・侘びしさを話せて、解ってもらえて、理解し合える場」と表現された方の背景からは、つながり感が伝わってきます。

2. まなぶ

「他の方の体験談・アドバイスなどを参考に吸収する場」と言う方や、「他の方の体験を聞いていたことで、介護の心構え・心持ちができた」と言う方がいます。人は誰もが、他人にとっての先生になり得ますから、介護者を含む参加者一人一人が先生であり、先生以外はすぐさま聴講生に早変わりするのです。

3. あたえる

「会で話そう・共有しようと、普段の生活の中で力になる場」という表現がありました。冒頭の「会で話そう」という意志表明は、別の見方をすれば「自分の知識、経験など」を供与しよう、ということであり、そこに他の人の役に立とうとする介護者の無償の愛が感じられます。

4．感謝する

「いろいろなことを吸収して助かっている」という言葉の後ろに見えるのは、この方の会への感謝の気持ちではないでしょうか。実際の会合で「ありがとう」の言葉が相手を包みこんでいる場面を目にしていますが、自然に行われているから通常そのことを強くは認識しないのでしょう。空気を吸っていることを意識しないのと同じ状態なのです。

5．運動する

「本人（要介護者）と共に来られるのでリハビリになる」という文があります。参加者は皆「おしゃべり」という口の運動を意識せずにしているのです。同時に会に参加するために、車椅子を押したり、バスに乗ったり、歩いたり、様々な手段で会合場所に到着し、そこから帰宅します。肉体的な運動がもっとも良いのですが、それに準ずる運動と脳のトレーニングもしているのです。

記録された言葉を集約して気付くことは、前記の五語が能動態であり、肯定的な考え方であることが判ります。私のようなネガティブな者でさえ、会に同化すると心が明るくなる気がします。

孤独を好む人もいます。それは人類が集団でいることで万一の危険に遭遇したとき、絶滅を回避するために、孤独のＤＮＡが組み込まれているためだ、と言う学者の話があります。一般的には群れている、即ち「つながっている」人の方が圧倒的に多く、かつ長命なのだそうです。

私たちの周りには、認知症を背負った人の他に、他の病気や怪我などの複数の人を介護している人もいます。そのときの気分の重さは、自分のみならず他の家族や縁者に伝染します。しかし、伝染は悪いもののみ生じるわけでなく、幸せも伝染するのだそうです。それも不幸の伝染より、幸せの伝染の方が伝播力が強いと言われます。五つの言葉が、私たちの幸福感を増すための鍵になるでしょう。

その地域に新しい家族会が生まれるよう念じながら、講座を終えました。

（二〇一五・〇八）

商売は誰のためにするのか

筆記具には手に馴染むものもあれば、見る楽しさを優先させるものもある。様々な文具があり、人にはお気に入りがあるものだ。

四、五年前何かのお礼にと、北国の方から頂いたボールペンは、特殊な革製ケースを除けばB社の市販品である。インクが切れる度に、近くの文房具屋さんで同じメーカーの別製品を転用できるので求めて使っている、私の気に入りである。

手持ちの在庫が切れて、その文房具屋さんへ。

「この替え芯と同じものを頂きたいのですが」と現物を見せると、「ああ、これですね、今は在庫がありませんが、取り寄せます」と主が言うので、十本分を前払いして頼んできた。

一週間後、店から品物を貰って戻り、ホルダーに挿入すると明らかにサイズ違いで入らない。店に戻って主に再度取り寄せを頼もうとすると、「待って下さいよ」と分厚いカタログを覗きこみながら、「これは、載ってませんね」「いえ、代用品でいいんです。今までお宅で買ってたものと同じものを取り寄せてもらいたいんですが……」「いや、ウチじゃ入りませんから、お金は返します」「では、メーカーさんに聞いてみて頂けませんか」。だあれもいない個人商店の中とはいえ、押し問答をしても始まらないので矛を収めた。

二本もある新品同様の皮ケースを捨てるに忍びなく、すぐさまB社のお客様相談室へ電話して事情を話すと、「暫くお時間を頂けますか。こちらから調べてご返事しますので」と言う。三十分も経たず返事がきた。「本来の製品は廃番になっておりますが、角型のものが二種転用可能でございます」と。

併せて、近くのどこで手に入るかも知らせてくれたのである。

二度目のオリンピック開催都市として東京が立候補したとき、「おもてなしとコンパクトな会場」をうたい文句にして招致に成功した。が、デザインコンペの結果でメイン会場を実現するには建設費が膨らみ過ぎ、国民から疑問の声があがって、それを白紙に戻した。

新案を策定して実行することになったが、これもお客へのサービスを投げ出してしまった、あの文房具屋の姿勢に似ている。

「ネバナラナイ」という国際公約上の義務を負って投げ出す訳にはいかないから、やらざるを得ないが、個人の商店では自分が責任を負えば良いので決断の結果も自分にかかってくるだけである。コンパクトな会場が怪しくなって、分散化の方向へ傾く中、何につけても責任者不在の組織で、エンブレムのデザイン盗用疑惑問題さえ、誰もが責任を負わず、それも分散してしまう、不思議な人種に日本人はなり下がったのであろうか。

一方の「おもてなし」は、大丈夫なのだろうか。人によってはそれを飲食による饗応と思う人もいるだろうが、ご馳走を出すにしても、心を込めて客を接待しなければ「もてなし」とは言えない。他人への応待も同様に丁重でなければ、相手の心には沁み込まない。国民が何を望み、お客が何を望んでいるのか、出来得る努力を全力ですることが、もてなしであり、結果が客や国民の望み通りでなかったとしても、どんな振る舞いをしてくれているかを見ていれば、人は判るものなのだ。

商売は相手があって成り立つ。政治も行政も同様で、相手がなければ、そもそも自分が成り立たないのである。

お客に顔を向けた商売をすれば、自ずとその店に贔屓客が増えていくのは繁盛店を見ればわかること。

Ｂ社はどうしてあの対応をしてくれたのか。

文具店の対応があのようだったのはなぜか。
両者の姿勢を比較すれば、誰のために商売をしているかの視点が明らかになるだろう。

（二〇一五・〇九・〇四）

表は詫び状、裏には感謝状

同年代のM女から、ある相談事のためにその家の系図が送られてきた。いつどこで話を聞いても書き物を読んでも、登場する縁者の関係を理解できずよく判らないままでいたからである。

ご主人が亡くなって一周忌が終わったばかりのM女は、憔悴から立ち直りつつあったが、共に過ごした時間の幸せ感が大きかっただけに、その反動で振り子は落ち込みの側に、その分大きく振れたと言えるだろう。

二枚の系図を見て、亡くなった夫はM女の三度目の夫であったことを初めて知った。

また、彼女が子供と称していたのは、初婚の相手だった夫との間に二人と、二番目の夫との間の子が一人いることを指していると知ったのだ。それだけでも複雑な関係であるのに、M女自身の父親は今でいう所の不倫の子で、いわゆる非嫡出子である。M女を産んだ母親は夫の死後再婚して男の子を授かっているからM女にとって、その子は異父弟になる。

M女の三番目の夫には前妻がいて、その間には二男一女があった。夫の逝った後、どういうわけかその娘から、「父のことには以後関わらないでくれ」と宣言されたそうだ。その娘の発言が強まった背景には、実母が健在でいることがあるのだろうと推測される。だが、真相は当人以外知る由もない。M女にすれば、それまで容認されていたと思った結婚生活が一転して、自分を否定されたように感じて、その言葉は深く心に突き刺さっているようだ。

それを第三者的にみるなら、両者の合意によって成立した結婚であったろうから、新しく義理の母となった人を子供は容認せざるを得ないのである。別な見方をすれば彼女の実の子三人は、義父であることを容認するということであり、義父の子は義理の兄であり、妹であることを認め合うことを、胸に刻まざるを得ないのである。

しかし、両性の合意によって結婚したとしても、両人の関係者全てが、それを容認する訳ではない。特に互いに連れ子がいる状況ならば、その良好な家族関係を保つために、当人たちが頭を悩ませる対象となり得るのである。新しい家族間のバランスを保てないと、当人たちの状況さえ危うくなる。その原因には経済的な問題も、住居のことも、兄弟や親戚関係の付き合いから相続まで、次々と再婚夫婦には問題がのしかかってくるのである。

最も重要なことは人間関係であり、互いが個々を尊重し合える人間性の豊かな人々なら、しなやかに暮らせるだろう。

あの系図が語るのは、結婚と離婚を繰り返した人がとてつもなく多い稀有な家系であること。終戦前後、我々の親の時代の結婚と言えば、戦争の後遺症を引きずる人々がいたのは、多数の女性に対し、男は兵隊で戦死して払底していたことも原因の一つだろう。終戦で復員するはずの夫が白木の箱に入って戻った例は、少なくはないからである。

それとは少し違うが、私の前妻の母は終戦直後に流行っていた結核で夫を亡くし、自らは特効薬のペニシリンに救われて大所帯の農家を守るために再婚した。亡くなった夫は、病没した先妻との間に二人の子供がいたから、私にとっての義母が幼子二人を育てたわけで、その苦労は聞くともなく、幾度も口の端からこぼれていた。先妻との間の子供と、私の前妻は義理の姉兄妹の関係だったが、実に仲がよかった。やがて、戦地から戻った亡夫の弟と再婚した前妻の母は三人の子供を儲けたが、その夫も二年前に他界した。

一方、前妻は私が四十五歳のときにくも膜下出血で倒れて帰らぬ人になった。

二つ年上の前妻が、高血圧の症状を見せるようになったのは旅立つ数年前からのことだったが、働くことに気を取られていた私は、連れ合いに配慮を欠いていたのである。

支えてくれる妻がいることに胡坐をかいていい気になっていたのだ。「ねぇ、私が死んだらきっと再婚してね」と言いだしたのも亡くなる直前のことで、併せて言ったのは、「私の生家にもめごとが起こったら、あなたが間に入ってとりなしてね」ということと、「ここは、きっとあなたのものにするから」という三つのことだった。

それが言わば口頭の遺言となってしまったのである。今の住居に私を迎えるために前妻がしておくべきこととして考えながらも継父や異父兄と思うようにいかなかったことが、重圧となっていると察してやれなかったのだ。そのストレスの背景を聴いてあげなかったことは、年月を経た今も悔やみきれない。

家を出て生活していた娘は、あと数日で迎える成人式の晴れ着姿を、買ってくれた母親に見せてあげられなかった。独り身になった私を心配してくれたのであろう、娘は月日を置かず家に戻った。が、それまでどこでどんな生活をしていたのか、前妻からは聞いたことは少なく、葬儀の日に届いた花輪やご霊前の送り主の名で、おぼろげに知ったきりであった。

あの系図を見ると先夫二人の声がするようだ。

「離婚に至るには、俺たちなりの言い分がある」と。

だが、知人には知人の別離に至る理由も明白にあったようだ。そこには互いに理解できるものもあるが、理解を超えた譲り難いものがあるから、破局を迎えたのだ。

特に、二番目の夫から受けた連れ子に対する虐待と、M女に対する言葉による暴力は我慢の限度を超えるに充分だった。その夫の「死んでしまえ！」などという度重なる暴言の背景となったものは、何であったのか？　自分の理性を超えて行動に至る背景はその人しか知らないのである。

臨床心理士が昨今の虐め問題を調べると、虐めをする人は過去に自分が虐めを受けていた者が多いという。恨みの連鎖は、新たな恨みを産むだけで何の解決にもならない。その立場にある者は自分を見つめる時間を持って、相手に対する詫び状と一緒に感謝状を書くことだ。感謝状が書けないのは、無償で降り注ぐ陽の光のごとき他者の恩愛に気が付かないからで、そんな己を恥ずかしいと思うことだ。

人様の例を引いて、私がこうして書いているのも、虐めに対するものでないにしても、自分を囲む家族とその縁者に対する詫び状に他ならない。

戦後になっても、家父長制の習慣に囚われていた家の長男である私は、その考えを振り切って東京で結婚したが、席上で見せた悲しみ七分、喜び三分の、二親の顔が今でも脳裏に浮かぶ。

退職後に始めた高齢者施設でのボランティア活動なども、実の両親に何もしてあげられなかったことを償う、偽善的活動なのかも知れないのだ。再婚した妻の両親と共にあちこちと旅をしたのも、偽善という言葉に語弊があるなら、代償行為とも言えよう。

人にどんな言い方をされようとも、逝ってしまった実父母や前妻に対し、至らなかった自分を取り返すことはできない。だから、私の行為が偽善と言われようと、代償と言われようと、家内や子供や親戚縁者のみならず、その範囲を広くして、詫び状と感謝状と不即不離の気持ちを届けたいのである。

（二〇一五・〇九・〇九）

消えた地名と記録的な豪雨

水稲の播種も収穫も昭和の中頃と比べ、一月以上も早くなっているが、二百十日や二百二十日頃になると、台風がやって来るのは相変わらずである。

今年は18号が浜松付近へ上陸し、北上後日本海へ抜け温帯低気圧になり湿った空気が流入した。遅れながら17号も太平洋岸を連れだって進む間、挟まれた地域では湿った空気の衝突で上昇した大気が積乱雲となった。聞き慣れない「線状降水帯」という帯状の雨雲が今月九日から十日にかけて関東から東北南部に、誰も経験したことがないという、平年同月の二倍以上の記録的豪雨をもたらしたのだ。

鬼怒川の堤防が決壊した茨城県常総市の映像を見ているだけで、あの「3・11」の津波を想起させる。自分の身を安全地帯において、手助けできずにいるのが歯痒くてなどと、気持ちには矛盾がある。

家が流される。大きな立木が倒れる。車が流され水没する。実った稲穂が水流にゆらぐ。畑の作物も一面に水を被っている。その範囲は扇状地の南北十キロに及んでいる。

あと少しで黄金色の稲穂が波打つ風景を、そこに住む人たちが楽しめたであろうに。収穫の秋を目前にして、米に加え畑の苺や蔬菜類も水を被ってしまった、生産者の無念さは計り知れない。

自衛隊のヘリコプターで、電柱にしがみついていた男性が救助されるのを見て、「思わず拍手をおくりました」と連絡してきた心優しい知人もいる。

ニュースを見ていて、現場の「常総市」は、「大崎市」は、どこなのか？　と具体的場所を掴み切れないのは私だけだったろうか。高校野球で名高い常総学院は土浦市にあり、極めて間違いやすい。

手元にある道路地図は、古いものしかなくて、この辺りと思った場所は旧水海道市であった。常総市は、石下町を水海道市が十年前に編入して出来た市なのだ。

大崎と言えば、東京に暮らす人にとっては、品川区に属する山手線大崎駅が頭に浮かぶが、宮城県を省略して「大崎市」だけでは判りにくい。地元に暮らす人は、合併前後の経緯まで知っていて、歴史上「大崎氏」がその地域を治めていたからと判るかも知れない。あるいは市の名は、公募により決まったと言うかも知れない。しかし、その地に含まれることとなった「古川市」なり、「鳴子温泉」という方が全国的に響いているのである。

紙面や時間の都合があるのかも知れないが、報道機関が災害ニュースを伝えるとき、常総や大崎がどのくらいの人口を有し、どこに位置し、どんな生い立ちがあるのか、ちょっとした説明を加えれば、より多くの人たちに情報が浸透しやすいだろうにと、残念に思ったものである。

我が郷里の袖ヶ浦町が「袖ケ浦市」に生まれ変わるまでは、三十六年近くの歳月がかかっている。その中の「平川町」は以前の、「中川村」と「平岡村」が合併したものである。生地の平岡は九つの集落に分かれ、私は「林」という所の生まれで、実家は集落名通り林の中にある。各々の集落名はその地の特徴を示している。例えば母の実家は「野里」で平坦地だし、叔母の住む「上泉」は山中から湧き出る泉の里であり、平地を流れる川の淵にあったので、しばしば洪水にみまわれたのである。流れる川は松川で、その下流の「下泉」は友人が暮らすコメどころである。

日本人の苗字は地名と表裏一体のこともあり、お祭りなどで親戚が集うと、互いを呼ぶに「林の姉さん」とか、「上泉の伯父さん」などと、地名を付けて呼んだものである。「名は体を表す」とも言うが、こうして見ると、名前というものは職業や位階等より先に地名が苗字になったとみる説も理解できる気がする。

その土地柄を如何なく語っていた地名が、市町村の合併などによって、全く関係のない地名に変わり、貴重な地名が消えてしまうことを、日本に住む人は惜しまねばなるまい。二十九年前に決壊した小貝川が東側を流れる常総市は、西に位置するあの鬼怒川とともに、河川の恩恵をかつて享受してきたに違いないのに、「水海道」の名を、表舞台から引きずり下ろしてしまったように思えてならないのだ。

地名から考えてみれば、水のカイドウだったのだから、過去にその周辺であった水害の経験すら今度のケースに充分生かせなかったのではないか。

行政の避難指示に抗して、つくば市側へ逃げて助かったという人の話もある。地震、津波、豪雨等の災害時に地名の由来を知っていれば、救命の一助にもなるかも知れない。

伝わってきた地名を容易に変えることへの警鐘として、あの大雨が降ったのかも知れないし、鬼が怒った川の名が付けられていたのかも知れないではないか。

（二〇一五・〇九・一二）

「イマでしょ！」の意味合い

前略　台風のあとの大雨で、あちこちで大きな被害が出ていますが、そちらはいかがですか。こちらK市でも、道路の冠水や床上浸水などの被害がありましたが、私の住まうところは少し高いところですので大丈夫でした。（中略）

実は、ここ数カ月、持病に悩まされてきました。

私は非結核性抗酸菌症を発症し十五年になります。これまで薬物療法を中心に治療をしてきましたが、悪化したり寛解したりを繰り返し、三年前左肺の一部を切除する手術を行いました。その後、経過はよく内服薬も一時は中止できたのですが、昨年、ＣＴで右肺への再発が見つかりました。体力のあるうちに右肺中葉を切除した方がよいと勧められ、年齢的に最後の機会かと考えて八月に手術することにしました。

ところが、手術前の八月四日の夜、予定していた手術部位ではないところから多量に喀血してしまいました。急遽入院し左気管支動脈塞栓術を行いました。その後喀血はなく落ち着き体調ももどりつつあるのですが、病気が根治したわけではないので、いつ喀血するかという不安がぬぐえません。本日付けしんぶん赤旗で、藤間多寿史さんが非結核性抗酸菌症により七十五歳で死去と知りました。自分と同じ病名だと知り、少しショックを受けました。この病気は経過が長く、十年以上の経過で悪化していくといわれています。私自身すでに十五年を経過しているのですから覚悟が必要なわけです。

最近、結核で逝った文豪の最期を思いだすことが増えました。ご存知のように昔は喀血で死んだのです。いま結核は抗結核剤でほぼ完治する時代になりました。ですが、私の病気の場合、治療法は抗結核剤しかないというのに、それも効くかどうかわからないというのです。そうすると喀血は命取りになります。

しかし、喀血患者をみたことがない医師や看護師が増え、喀血で死ぬということが実感されないようなのです。もっとも私自身、大量に喀血するまでは死の恐怖はありませんでした。

このたびの喀血で気管支動脈塞栓術ができる医師がとても少ないことを知りました。市立病院でも一人しかいませんでした。ですから、タイミングが悪かったら助からないこともあるのだと思いました。ずいぶんと暗い話になってしまいましたが、それほど落ち込んでいるわけではありません。今日の朝日新聞の〝折々のことば〟を読み、励まされてもいます。

これからは、地域での活動はセーブし文学中心のくらしをしようと思っています。前年から先輩看護師のシベリア抑留の体験を取材してきました。これを小説にしようと現在構想中です。同封しました本は、夫が出した歌集と文学会支部誌です。私の作品は、小説とはいえないようなもので、恥ずかしいのですが読んでみてください。お身体ご自愛くださ い。

T・S

送られて来た雑誌「流域・24号」を繰ると、「ドウダンツツジ」と題する彼女の短編小説が載っていた。主人公は脳出血を発症して六十六歳で旅立った、同僚看護師の浅川裕子で、その絡みを作者が語るスタイルで書かれている。

あるとき、看護師仲間と北鎌倉から切通しを抜ける道を歩いた折に、下垂した白い小花を見上げて会話した場面で、その花の、花ことばの意味「上品」を裕子に例えたことが、題名の由来のようだ。急逝した裕子が看護師として遭遇した医療事故との闘いとその周辺模様を、小説に仕立てようと心積もりをしてきた著者は、何をどう書くか呻吟する中で、裕子が夢枕に立ち、書こうとするマグマが自分の中に溜まってきたとして、本篇を脱稿する。彼女は裕子に自分を重ねて見ていたのだ。

手紙にある朝日の「折々のことば」は、哲学者鷲田清一が執筆している。一五六回目の文は島田洋七の『がばいばあちゃん幸せの教え』からの引用で、「人生は死ぬまでの暇つぶしやから。暇つぶしには仕事が一番ええ」とある。それをなぞるように十七世紀の思想家パスカルのことば「人生とは、おのれの存在の空虚を直視しなくて済むようにたえず気を散らしておく営みの連続だ」を引用し、前者とピタリと重なる様を記している。

仕事こそ、気晴らしの最たるものだと続け、怖い視点だが、こう考えると人生、少し気が楽になる。漫才師はここから、老後の人生も『〇〇ごっこ』だと思えばいいとの教訓を引き出した、と結んでいる。

看護師も作家も人である。人間は、個々人全く別の人生を歩みながらも、今生きているという枠組みで見れば、実は相似形の中にいるのではないか。パスカルも漫才師も精神世界においては同じなのだ。

人生のゴールがチラチラと見えて来た人にとっても、未だ見えないと思っている人にとっても、仏教で言う三世の内実存するのは、過去世や未来世はなく、現在世しかないのだ。予備校の講師でタレントの林修が「イマでしょ！」と口癖に言った言葉が、強いインパクトを放って世間に受け入れられたのはなぜか。

それは人々が、心の置きどころはイマ現在にあると感じているからであろう。苦しみに背を向けず、自分の今という一瞬一瞬を与えられた命に向き合い、根底にある人権尊重の姿勢を行動で示し、書き残そうとする人が知人にいることは、私の誇りであり、自分もかくありたいと願う。

（二〇一五・〇九・二二）

担当者が代わるということ＊

鉢呂経済産業相が野田首相とともに、福島第一原子力発電所の周辺自治体の視察をして帰京した九月八日夜、着ていた防護服の袖を取材記者にくっつけるしぐさをし、「ほら、放射能」と語りかけていたことが九日明らかになった。そう報じた新聞が翌日には「放射能発言で引責辞任」と見出しを付けていました。

人はいざ言葉を発するとき、その人の心の中で理性によって瞬時の抑制が働いた後、選ばれた言葉が出るものですが、時としてその人の日頃の考え方が基になって、ブレーキも効かず自然と口から飛び出してしまうこともあります。

某大臣の「死のまち」発言も率直に視察時の印象を述べたものであろうことは理解できます。が、その立場や場所やタイミング等、発言するに環境が相応しかったかどうか、被災地の住民目線で考えてみれば、いずれの場合も国民は疑問符を打つだろうと分かるのです。

傾聴ボランティア活動の初期、私は傾聴モードのスイッチを入れてその場に臨んだはずなのに、いつの間にか話し手モードに戻る不良スイッチを携えていたものです。菅内閣の時代に岩手県へ視察に行き、上から目線で知事に命令した大臣が辞任に追い込まれたことがありました。

常に国民の声を聴く傾聴モードになっている人なら、同一目線で傾聴する筈ですから、上からモノ言うこともなく、代わる必要もなかったでしょう。

さて、訪れた特養での「お喋りの会」は、認知症の入所者を対象に続けられている傾聴プログラムですが、それを担当するボランティアコーディネーターが代わりました。前任者が退職されて一抹の不安や新しい方への期待もあって、遅れてならじ、と十分前に着きましたが、仲間は更に早く到着していました。

いつもの会場でありながら、係が違うとこんなに違うの？　という緊張した雰囲気が流れていました。過ぎゆく月日の中で入所者も代わります。その日の反省会で女性ボランティアが、「お相手をしたのは九十歳の女性の方で、話を聴かせてあげなければ、とお相手が意気込んで話されたようでした。心に残ったのは『やさい』の絵本の画を見て、ご自分の感情を思い切り表現して下さったことです」。入所者にとってその会に初めて参加した新鮮さと、Mさんにとっても初対面の新鮮さがあり、得るものが多かったようです。

一方、私のお相手は、もう四年も前から知っているお婆さんで感情失禁があります。「寂しいよ、悲しいよ」と車いすの前に置いたクッションに顔を伏せて涙を流しています。

そっとティッシュを渡すと、我に返ったように顔を上げて涙を拭います。私の側に出している老女の手を両手で包み、ゆっくりと指の一本一本をマッサージしながら「寂しいんだよね……」と声をかけると、「うん、寂しいよ。しずちゃん、どうしちゃったのかな？」。

子供時代のことが頭に浮かぶのか、友達を懐かしんでいるようです。段々元気が出てきて写真集に手を伸ばしました。もう大丈夫です。係の方がもう一人を私たちのテーブルの対面に連れてきて座らせました。二人を相手にしなければなりません。見渡すと他のテーブルにもそうしているボランティアがいます。今後は、聖徳太子にはできたという一対複数対話の対処法も研究課題です。

新しい係の方も手探りの部分もあるのでしょうか、「反省会の司会を代わり番こにしましょうか?」問われたボランティアたちは応えます。

「それも一つの方法ですが、入所者のことを一番知っているのは施設の方です。個々の方の状況把握と、情報収集の観点からも前任者の方針の踏襲性からも、コーディネーターの方にお願いしたいと思います」

新任者は意欲に燃えていて、「この会を元気な人のいる他のフロアーでも実施したいと思いますので、ご検討下さいませんか」と、新たな提案がなされました。

内閣が代わるような大きなことを含め、その場の担当者が代わる、あるいは代えられるということは、大臣であれ、小さな部署や家庭であれ、様々な要因が背景にあって交代になります。

どんな要因がそこにあったとしても、人間社会においては、代わったことの結果が良い方向へ向かうよう多くの人が願っていることを、当事者は忘れてはなりますまい。

願わくは、去りゆく人にも幸せが訪れますように、と念じつつ施設を後にしました。

（二〇一一・〇九）

秋から冬へ

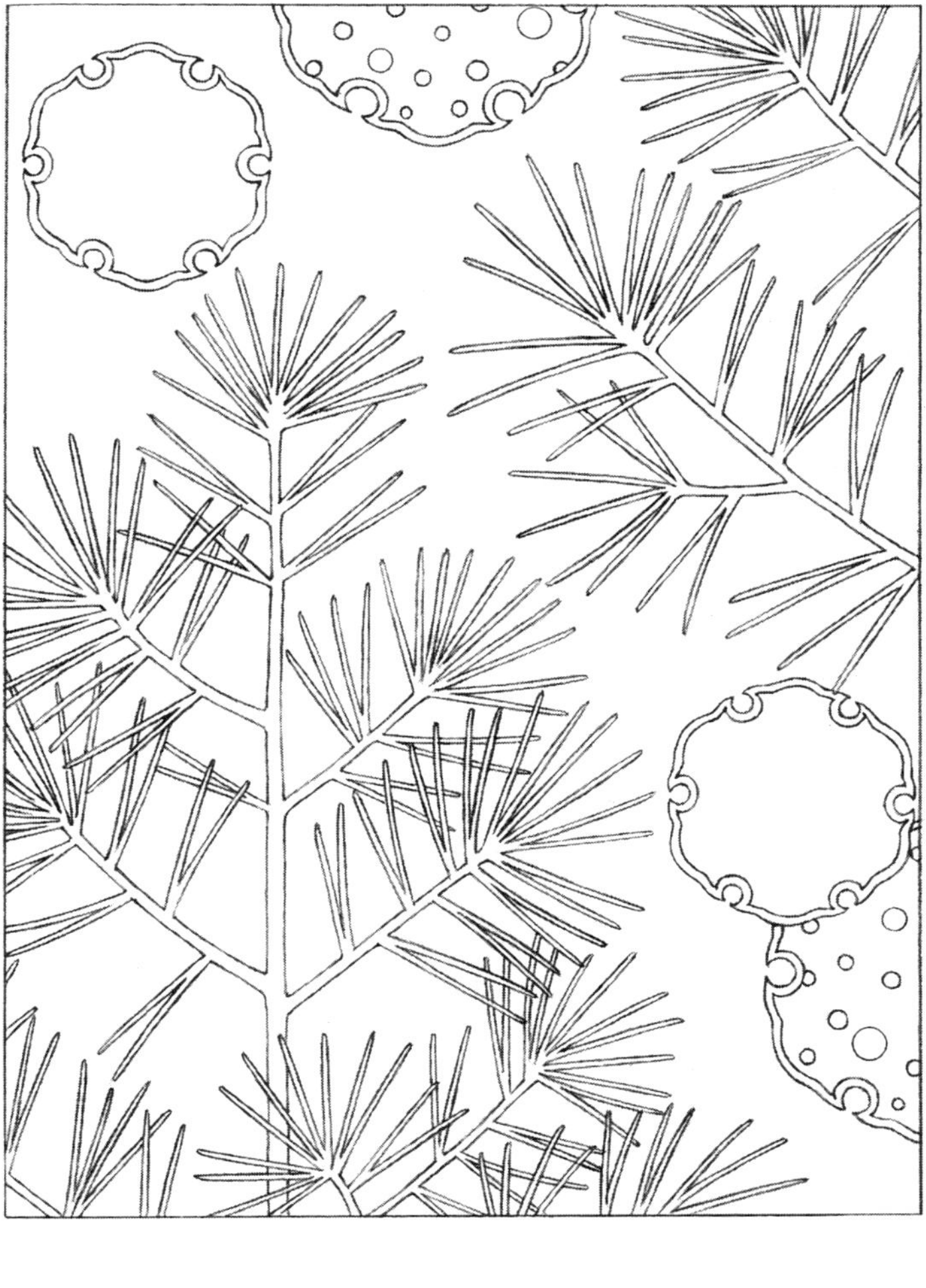

冠婚葬祭の言葉さがし

ある介護者の家族会から、会の記録として発行している会報に、急な原稿を依頼された。被介護者の中には、参加会員の実母も義母もいたが、相次いで帰らぬ人となってしまった。ご近所や個人的知人を含めると、ここ二カ月で受けた知らせは五指では足りない。

原稿用紙一枚でこれらのことを語るのは難しい。が、あるときその会合で、介護者を被介護者の「命の代弁者」という言葉で表現した人がいた。確かにその通りで、法的な後見人でなくも、介護者のその時どきの判断や対応の仕方で、看てもらっている人の命が左右されることが少なくないのである。

来る日も来る日も介護、介護の末に臨終を迎えた家族や介護者当人に、どんな言葉を掛けて上げたらよいのだろうか。

冠婚葬祭と一口に言うは易いが、そのときにどんな言葉を発するのが相応しいのか、考えてみれば義務教育で教えてもらえるチャンスは少なく、社会体験の中で身につけるのが一般的であろう。

「冠」は元服のことで、現在の成人式にあたり、昔は十二歳から十六歳ぐらいの間に、髪を結い服を改めて子供から大人への脱皮の儀式をした。今読んでいる『真田三代』(火坂雅志著)にもその場面が出てくる。

「婚」は結婚であり、「祭」は先祖に対する祭りごとである。「葬」を含めて、人間の一生で最も重要とされてきた四つの儀式を指すが、夫々に初めて直面すると、人はどんな言葉を誰に向かってかければよいのか、戸惑いを感じながら、時として自分のマナーや言葉等の無知をさらけ出すことにもなる。

とりわけ人の死を悼むときは、知らせの重さに沈み、私は言葉をさがして考え込み、口数も減る。

中学の同級だった男が亡くなりお通夜に出かけた、と知人から知らせをもらったときも「よく行ってくれたね、ありがとう」と言ったのみで、自宅の仏壇で故人の名を呼び、心経を唱え合掌しているだけである。

弔問に出かけ、遺族の方に「この度はご愁傷さまでした」と声にしたことも度々である。より丁寧にするなら、「誠に」をご愁傷さまの前に付ければよいが、古稀を過ぎて感じるのは、単なる言葉よりも、魂の籠もり具合が、より大事だと思うようになってきたのである。ぼそぼそと声は聞こえない程でも、足を運び心底人を悼む姿は、弔意を充分伝えてくれるだろう。

「お力落としのありませんように」と遺族に向かって言っても、その場に臨んでいる遺族は、そのときは力を落としているのである。むしろ、「お力落としですね」とその苦悩に共感して寄り添ってもらった方がいい、と経験した人は感じる。

悲しみに浸った私に届いた香港からの手紙に、"I'm in sorrows with you." とあったことを今も思い出す。

開催日の一月ほど前に、展覧会の手書き案内状が届き、「会食を共にしたく参加日時のご連絡を」と記してあった。「誰それにもご案内しております」との文面から、N県の美術館に縁を結んだ人を招待しているらしいと推測できた。

東京西部、私鉄の駅近くの一階をレストランに、二階をギャラリーにしたその会場には、既に先客がいて、主催者とその作品が階段を上る私を迎え入れてくれた。

芳名録の表紙には、「朝子さんに」と墨書されている。記帳を済ませ一渡り拝見し、案内されて会場中央に設えられたテーブルを囲み歓談している内に、段々とその謎が解け始めてきた。

朝子さんとは、T氏の最近他界された奥さまで、氏はその美術館友の会の幹事なのだ。主催者が意図したのは、個展もさることながら、併せて琴線に触れた友への追悼とT氏への慰み種として、開いたのだ。そこにはお悔やみで述べるどんな言葉をも超越した、魂のメッセージがいっぱいなのだ。「作品は一つ一つ念を込めて描きました」と言う作家の小品に囲まれていると、言葉では表現しきれない雰囲気に包まれていることを感じさせてくれる。杖突きながら名古屋から来たという女性も、初代館長の御曹司U氏も、存分にその弔慰の展覧会を楽しまれたようだ。心遣りの招待をドイツの知人からも受けているというT氏に、私からも彼の地に暮らす知人に紹介状を書いたが、新たな人生への広がりとなるよう願っている。

弔意や慰めに限らず冠婚葬祭、どの日常場面においても自分の気持ちを示すのに、かけた時間や費やしたエネルギーも含めて、言葉以外の身体言語もあるのだと、あの個展の主催者が教えてくれたのである。

これらのことを指定の三百字で表現できなかったが、介護された方の、そのときの喪失感は、一部に介護からの解放感が伴うとしても悔悟の念に捉われたりしがちでもある。

家族会で話を聴いていると、介護されつつ旅立った人たちが、介護者に対して「ありがとう」と感謝しているように聞こえてならないが、その声が聞こえないという介護者に、介護された人の「感謝の代弁者」に私がなってあげようと思う。それは、日ごろの介護ぶりを見聞きしていれば判るからだ。

右を要約して、あと先だけをつけた短い原稿を送信すると、編集者から修正の依頼が直ぐに寄せられた。「声が聞こえない」では、私のことを言われているようです。「届かない」にして下さい、と。

（二〇一五・一〇・〇四）

風の電話と○に近い△の傾聴活動＊

目覚めた布団の中から、もぞもぞと手を伸ばして枕元の携帯ラジオにスイッチを入れる。聞こえてくるアナウンサーの声や番組で大抵時間が判る。午前四時を過ぎた頃の番組で、男性が語っていました。話し手は岩手県大槌町の佐々木格《いたる》さん（67）で、水産会社勤務後転じて庭師になり、自宅の庭に、あの「3・11」大震災後「メモリアルガーデン」を作り「風の電話ボックス」を海の見える場所に作った。犠牲者や行方不明者と対話ができて親族、縁者、知人などの心の復興のきっかけになれば、という趣旨の話でした。

その白い電話ボックスには、外部に繋がっていない黒い電話とノートが置かれているそうで、亡くなる前に肉親と話しておきたかったであろう思いを、受話器を握って話したり、書き連ねたりしてもらう装置を、佐々木さんは「心のインフラ」と表現していました。

あの辛い体験を実際にそうして癒す人たちがいて、それだけで飽き足らず図書館と併設されているカフェで、佐々木さんの奥様に話していかれる人がいるとも付け加えていました。「ただ、頷いて聴いているだけですが……」と言う佐々木さんの放送を聴きながら、「それは、傾聴ボランティアそのものだ！」と、私は思わず声に出しそうでした。

放送終了後、佐々木さんに不躾でしたが、電話をしてみました。生憎とその日はご不在で電話口のご子息が、明日の月曜日以降なら在宅の予定ですとのこと。

考えたのは、同じ学窓の講座修了生たちの出版物を贈ることで、話を聴く奥様の支援になるのではないか、何かの役に立つかも知れないということでした。

佐々木さんに連絡がとれて、庭園内「森の図書館」へ傾聴関係の本を、寄贈させて頂くことになりましたので、早速関係者に趣旨をお話ししました。
賛同して下さって手元に届いた本は次の通りで、目録を同封して送りました。
（順不同）
①新傾聴ボランティアのすすめ　（三省堂）
編者・ホールファミリーケア協会
②幸せを呼ぶ聴き上手　（幻冬舎ルネッサンス）
著者・篠崎延子
③老いゆく日々のこころ模様　（牧歌舎）
著者・松田唱子
④傾聴ボランティアノート　（東京図書出版）
著者・遠藤忠雄
⑤孤独のかたち　（光陽出版社）
著者・塚原理恵
⑥絵本歌集　おもいで　1、2　（オフィス未来）
著者・関口光子

森の図書館へ寄贈した傾聴関係の本

「森の図書館」は、佐々木さんが震災で図書館の無くなってしまった大槌町の子供たちに読書のできる環境を、と考え、東京の出版社の協力を得て、子供向けの本を主体に手作りで開館したといいます。設立趣旨に沿った本を○とするなら、私たちの本は△かも知れませんが、蔵書に加えて頂いたことを嬉しく思います。

寄贈者の一人瀬戸井さんは、傾聴ボランティア盛岡（藤原一高会長）の方々と、大槌町の仮設住宅へ傾聴活動に出向いた折の様子を綴って、本に添えて下さいました。

今後もどなたかが、そこを訪れる機会があるでしょうから、ぜひ「風の電話ボックス」を使い、カフェで奥様と話し、それらの本と再会してほしいと願っています。

秋の気配とともに届いた佐々木さんからの礼状に、「お近くへおいでの際は、森の図書館へぜひお立ち寄りいただき、ご好意の成果をご覧いただきますよう……」とありましたから。

『○に近い△を生きる』（鎌田實著）を読んで、傾聴ボランティアの話者に寄り添う対面傾聴が○ならば、富山県の南谷朋子さんが日本一小さな図書館（同県舟橋村）に、「傾聴ボランティア体験記」を買って下さいとお願いしたことも、私たちがささやかな贈り物をしたことも、○に近い△の傾聴活動で、×ではない社会奉仕の別解ではないかと考えているのです。

（二〇一三・〇九）

「骨折り損の……」

あとに、「……くたびれ儲け」と続ければ、江戸いろはかるたにある、努力の甲斐もなく、くたびれただけで徒労に終わるという意味である。尽力することや、精を出して働くことの意味でなく、実際の「骨折」を指すとなると様相が違ってくる。

改築のため来年から四年ほど休館するという、日比谷公会堂のジャズコンサートから帰宅すると、その日は何故か玄関灯が消えていた。「少し手を傷めましたが、直ぐ帰ります」とメールが入り、やがて三角巾で手を吊った妻が戻ってきた。

互いのことには干渉しないことが暗黙のルールになっている我が家でも、行き先や帰宅時間は知らせ合うことにしている。時としてルールが破られるのは、何か突発的事態が発生したからと考えるのが常だ。

訊けば、川越のスケート場で転倒したという。やってしまったものは仕方がないが、七十が近付いてこようというのに、頭ではできると思っているのか、昔取った杵柄で、充分な準備運動もなしに挑戦するのは、無謀という他はない。

全く知らない人たちに助けられて、救急病院で応急の措置をしてもらったそうで、紹介状を携え近くの医者に行くよう言われたとのこと。一晩明けると患部が黒く腫れあがり痛みが増してきたようだ。十月の連休に休日診療をしてくれる病院を探して、救急相談センターに尋ねると三カ所を紹介してくれたが、「外科の専門医がいない」とか、「現在急患手術中」などの理由で見つからない。三番目の病院で、他を更に三カ所紹介してもらった中の一つを訪れて「休診」の札を押しのけて入ると、見るからに治療を必要とする複数の先客がいた。

「この部分が昨日の処置で上手くいかなかったようですね、若い先生でしたか」と、レントゲンを見ながら説明をする医師は、ありがちなこと、と言わんばかりで言葉を継いだ。

「今日は、このまま入院して下さい」と言われ、任意で出頭した人が、その場で逮捕、拘留されるようなものである。

秋の旅行は取り消し、同窓会には欠席通知を出すなど、細々とした生活の変化が生じ始めた。

独身に戻って羽を伸ばせると思えるのは、活力に満ちた年代だけのことである。先ずは食べることの心配だが、先妻を亡くした経験は、何もできなかった男を、自分で喰えるようにしてくれていて、炊事は苦痛ではないが、孤食は実に味気ない。

やらざるを得ない状況に追い込まれると、人は案外それを乗り越えて行けるものなのだ。実弟の家族のように、普段からローテーションで家事の分担をして暮らしていれば、突発的なことが発生しても食べることへの対応は容易なのだ。

漫画家水木しげるさんの訃報を知って思うことは、一般的には作品の「ゲゲゲの鬼太郎」のことだろうが、私が思いを馳せるのは、氏が戦争によって左手をラバウル戦線の戦闘で失ったことである。生き残った氏が残存部隊に合流したとき、隊長から「なぜ生き残った、死ね」と言われたという理不尽さは、戦争が人の心を荒廃させることを如実に教えている。

そういう体験が基となって、マンガ作品となり、人に戦争や人間愛を語ってくれた功績は大きいし、尊敬に値する。

「嫌なことが多過ぎて、戦争のことは語りたくないし、思い出したくない。戦争は即、死ですよ」と生前テレビで言っていたが、人は誰でもその渦の中に身を置かないと、渦中の人の苦しみは解らないものである。

三週間ほどで退院してきた家内は、同室だった人の骨折原因が、高齢者の室内転倒によるものや、学校の先生の不運な交通事故によるものにせよ、社会復帰できれば他人の見た目には判らなくなってしまう人たちの心模様が、今は見えてきたようである。

「のど元過ぎれば熱さを忘れる」のも、人の常であるが、水木しげるが、戦争で失ったものを忘れなかったから、社会から高い評価をうけた作品が描けたと言えよう。妻の場合も、手は両方揃って互いに助け合っていることを学んだようだ。

不便をかこつ日々に、財布の口金やペットボトルの蓋を開けてもらったなど、あちこちで親切な人に出会ったことが忘れられないようだ。くたびれ儲けにならずに学びの機会になったことが救いである。

水木さんのようにできずとも、受けたご恩はどこかへ形を変えてお返しするとしよう。

（二〇一五・一一・三〇）

失語症の人の傾聴と行動変容＊

柿の葉が黄色く染まりその実が赤みを増した頃、ボランティア先の高齢者施設を運営する法人が、迎えた創業百周年の記念講演に招いて下さった。

講演者の諏訪中央病院名誉院長鎌田實先生は、「生きる力・生命をつなぐ幸せなかかわり」のタイトルで話され、その冒頭に自分が捨て子であり、拾ってくれたタクシーの運転手夫妻に育てられたと、自身を開示して満席の聴衆を惹きつけました。

そういう境遇にあったからこそ、人に対する思いやりが身についたのでしょう。地球上に人類が誕生したという三十八億年前から進化し続けている人間は、代謝することと伝えること（ＤＮＡ）を繰り返すことにより命を繋いで今日に至っているとして、命の大切さを説いて下さいました。

講演では、既に本やテレビやその他の媒体を通じて世間周知の話もたくさん出てきましたが、行動変容（behavior modification）という言葉が印象に残りました。

一言で言えば習慣化された行動パターンを変えることを指すのです。傾聴モードのスイッチ同様に人が行動に踏み切るスイッチがあるといい、必要なのは、意思の強さや動機づけも大事だが「気分というあやふやな心のあり方が大事だといいます。生活習慣病予防のためにちょっとだけ行動を変えてみるだけでいいし、コツを掴めば人生だって変えられるのです」と。

会場で求めた先生の本を読了し、読書ノートを書き終えようとしたとき、妹さんの見舞いに再来日していた知人から、「今朝妹が旅立ちました」と知らせを受けました。私は初夏に見舞った後、妹さんの姿を綺麗なまま自分の脳裏に遺しておきたいという気持ちと、足繁く見舞って気持ちを聴いてあげるべきだという考えが揺れ動き続けていたのです。

実弟が同じ病で、第三者の見舞いを辛いと感じていたことを思い出して躊躇していましたが、永遠の別れに斎場へ出向きました。二人の子息も知人も懸命の介護をした結果を受容していたからでしょうが、ご家族の誰も、涙が涸れ果てていました。

それから三日後、件の施設を例月通り訪れたので、講演会へご招待頂いた礼を述べて、四人の仲間や大学生のボランティアと共に入所者とのお喋り会に参加すると、担当者が今月も相手とのマッチングをしてくれました。

誰とでも、いつでも、どこででも、差別なく傾聴したいと思っている自分がいる一方、自分が選んだ、自分好みの話し相手を求める自分も顔を出すのです。

来院した患者を医者が自分の好みで選別し診察することがないように、私も葛藤する心にピシリと鞭を打ちます。

「失語症になって会話の機会がこの頃ありませんから、お相手をお願いします」と、九十歳を優に過ぎたであろう女性が紹介されて、よちよちと歩を進めてきました。人が成長と共に得てきた「話す」「聞く」「書く」「読む」などの機能の一部が脳出血や脳梗塞等の脳血管障害が生じて言語機能が阻害された状態にあるというのが、失語症について私の知る限りのことで、それ以上多くを知りませんでした。

「こんにちは、ご一緒にお話ししましょうね」。手元にあった「さつまいも」の絵本を引き寄せて「これは何でしょうね?」発語しようとするのか、口が動く。「さ、つ、ま、イモ……」続けて「き、イロ」「そう、薩摩芋ですよね、食べましたか?」「お、い、し、い」。

段々と様子が判ってきました。この方は話し言葉の長い文章が組み立てられないのです。失語症入所者の情報をデータ的に知っているなら、より適切に対応できるはずです。この人は自分が伝えたいことが上手く伝わらないことに苦闘しているでしょう。リハビリで機能を回復するまでには二年も三年もの時間が必要だ、と言われますが、傾聴ボランティアはその相手としても、貴重な担い手になれるのかも知れません。あの妹さんを介護したご子息たちのように、置かれた状況で全力を尽くし、自分が後悔のないようにしたいのです。傾聴活動を継続するためには、失語症に関する勉強もしなければなるまいと、新たな課題を背負った一日でしたが、このような「気分」というあやふやな心の在り方が鎌田先生の言う、私の行動変容につながるスイッチなのかも知れません。

（二〇一二・一一）

天日干しを楽しむ

年の瀬の新聞に折り込まれた広告の量は夥しい。大方は年末年始に消費する食料品で、冬物衣料や電化製品も新年を迎える買い替え需要の促進で、消費者をくすぐる。戦後の物資不足から、高度成長期を経て物が溢れる時代になって、「断捨離」なる言葉が今を象徴する。多くの人たちに似て、自分の歳がそうさせるのかどうか、定かではないが「あれば良い」と思って食べていた物も「それはまがい物ではないか」と疑問が生じて、より自然な物、より美味しい物を求めるようになって久しい。

チラシにあった和菓子店は、我が家からは区境を越えた一駅先にあるが、買いに行く価値は充分にある良心的な店である。

その店へ出向けば広告が効いて、行列が出来ているであろうことは、経験から想像に難くない。

農家で生まれ育ったためか、餅米百パーセントの味を覚えているのである。

街中のスーパーや食料品店で、月日が経っても黴の出ない餅を、純粋の「杵つき餅」と信じて幾たび買ったことだろう。雑煮にしてお箸で千切ると、ぷつんと切れる。まるで弾力性がなく、餅米以外の材料が混ざっているのだろう。

ある日、仏壇に供える御萩をスーパーで求めた。皿に移そうとして、御萩の裏側に餡が付いていないのを知ったが、よく見れば一緒に買ったみたらし団子も、上から見ればたっぷりに見えた蜜ダレも串を持ちあげると団子の背後は真っ白だ。機械生産だから仕方がないと同意する人もいるだろうが、「なんか違うなぁ」と思う。行列のできる店は、その理由を知った客が行くのである。

関東地方の冬は概ね晴天が多く、大晦日近くには、どこの農家も自宅で餅搗きをする時代があった。子供たちは、餅米を蒸かす竈の火が衰えないよう薪をくべるなどの手伝いをしたものである。搗き上がった餅は、鏡餅にするほか、伸し餅にする。後日、伸し餅は少し硬くなった頃あいを見て一センチ程の賽の目切りにしてあられを作り、庭先に莫蓙を敷いて干す。その作業は母や祖母がしていたが、沢庵漬けにする大根もその時期によく並べて干していた。あられは、油で揚げたり炒ったりして冬場のお茶菓子として頂いた。

言ってみれば、貯蔵食品を作っていたのだが、後年それらを自分で作ってみるようになって、降り注ぐ陽射しを人間が巧みに利用していることを実感し、太陽に感謝した。

温暖化の影響らしいが、今年は例年にない様相の秋から、その境目も判らず冬を迎えてしまった。紅葉も、雪の便りも遅く、切干大根を作ってみたものの、出来上がりまでに日数がかかるし、寒暖の差が小さいので、仕上がりもいま一つだ。

干し柿も同様で、表面に白粉が生じ甘さを感じるまでに至らずとも、口に運んでしまうありさまだ。

とやかくしていると、海辺の知人から「長野から届いた林檎をお裾分けで」と、小包が届いた。一個が四百グラム前後ある、大きなものだ。近所ならまだしも、遠くから送料をかけて贈られた品に詰まった心遣いという味は、滋養となって身体に浸み込んだ。

さしたるお返しも頭に浮かばず、手元に出来上がっていた干し柿と、切干し大根を海辺のご夫妻に、口に合うだろうかと案じながらも送ることにした。他に妹が作った添加物なしの茸の佃煮も郷里の香りがするので同送しようと思う。天日干しの良さを、梅干し作りなどをして毎年楽しんでいる彼らなら、お天道様のめぐみの味が多分判るだろう。

別の妹から今朝は海苔が届いた。お礼の電話を入れると、そこでもまた暖い冬がもたらす不作の波が、海産物にも及んでいるとのこと。それでも採取した海苔の天日干しに丹精込めた人たちの姿を思い浮かべて、一枚一枚を味わって頂こうと思う。

ところで切干し大根は、竹ひごの笊とプラスチック製のそれでは前者の方が仕上がりが早い。天日干しと乾燥機では、色合いや艶が違う。大根はその葉も捨てがたく、切干をつくるついでにその葉も干して、程良く乾燥したら、ビニール袋に入れて揉む。ミカンの皮（陳皮）や鰹節と混ぜ合わせれば、お雑煮用のふりかけの完成だ。それは味噌汁にふりかけてもいい。見た目、味、香りの天日干しによる違いが判る人たちが、もっと増えてほしいものである。

（二〇一五・一二・三〇）

傾聴の木は、材としても有用＊

「残念なことです。家の中で主人が転倒し、打撲で痛い痛いを連発状態。全てキャンセルです」という葉書が届きました。懸命に介護を続けるHさんが、認知症のご主人を連れて果敢に挑もうとした泊りがけの旅行を、断念する知らせです。日を置いて宿の看護師兼支配人から「ご主人様いかがですか？」と、容態を気遣う電話があったとのこと。

Aさんが代表で運営するその保養施設から、「かねてより改装・増築中の施設がお陰さまをもちましてこの度竣工の運びとなりましたのでご臨席を賜りたく……」と招待状が届いたのは、あの取り消しから間もなくのことでした。キャンセル料も取らず、気遣いを優先させてくれたあの支配人に会って直接お礼を言うことが目的となって、竣工祝いに駆けつけました。

式典の中で代表のAさんが一通りの挨拶のあと、「増築予定地にあった大きな桜の木を伐採するに忍びないものがありました。『木は伐採後にそれを生かしてあげればいいんだよ』という当所先人運営者の言葉により、皆さまのテーブルの天板にそれを使わせて頂きました。また室内の濡れ縁もあの桜です。今日の記念として、桜の端材ですがキーホルダーを作りましたので皆さまでご利用下さい」とエピソードを披露しました。樹木への思いやりは即ち人への気遣いでもあり、この人たちの優しさの源流を見た思いです。

帰路、熱海の海岸線を車窓越しに眺めながら、同月の例会のことを思い出していました。

「傾聴では問題が解決できないことが判りましたので、私はご家族の方の相談にのってあげています」と発言された方は、同様なグループが幾つか連携して立ち上げた介護者ネットワーク運営者の一人です。昨今傾聴講座を実施する個人や団体は随分多くありますが、講師の立場も経験されたという人の言としては、いかがなものか？　と首を傾げたのは私だけではなかったようです。桜は桜であり、ミカンではないのですから、桜にミカンがならないことが判った、と言うようなものでしょう。これらのことから傾聴は、材としても有用で使い方の工夫が肝要です。

では、材としての例を報告しましょう。

これも同月、東京・原宿のレストランで久しぶりに顔を合わせた、傾聴ボランティア講習了期の縦のラインでの活動状況です。

当初五十人以上もいたグループが諸般の都合で解散した後、情報交換と互いの健在を喜び合う会食の席です。

既に鬼籍に入られた方、介護施設にいる方、闘病中の方と様々です。私の修了当時に想像したことですが、傾聴を学んだ人が施設に入り、そこに後輩がボランティアとして訪れるだろう、ということが現実になっています。

さて、傾聴の木として育ったある仲間には、現役の木として自身が転居した先でお年寄りが集まれる新たな場所「サロン」で活動する人や、行政の依頼で従来より踏み込んで、過去に相談のあった人に対し、その後の問題がないかどうかと尋ねながら電話相談で聴き役に徹する人がいます。

その反面、木から材に変わった人も多くいます。

「私は、病院への付き添いボランティアをしています」と表情も明るく話す正子さん。

「私は、身体を動かす方が性に合っているみたいなので、南京玉すだれや皿回しなどをして、施設訪問しています」と快活な雪江さん。

あるいは朗読ボランティアから、今は音訳ボランティアとして、視覚障害者のために文字を音声に訳し、録音図書を制作する支援をしているあや子さんです。彼女たちは差し詰め傾聴の材として自分の傾聴技術を誇ることもなく、淡々と聴くことを生かしている方々と言えましょう。

蛇足ですが、あの竣工披露会場で、往年のベーシストでクレージーキャッツただ一人の「生き残り」の犬塚弘氏に五十数年ぶりに邂逅しましたが、見事な材になっていました。

（二〇一四・一二）

あとがき

あとがきに目を止めて頂き、ありがとうございます。

人工知能（ＡＩ）が小説に進出というニュースが、東京のさくら開花宣言とともに流れました。厳密には人間とＡＩの共同執筆ということになるでしょうが、国内文学賞の一つ「星新一賞」の一次審査を通過したことは、その少し前に韓国でプロ棋士との対局の勝利に続くものとして、いよいよ本格的に鉄腕アトム時代が到来し、身近な生活が大きく変わる予感がします。

既に自動運転の掃除機が部屋をきれいにし、自動運転の車の映像がＣＭに登場しています。証券会社から届く案内は、ロボット関連基礎技術に優位性のある企業への投資を呼び掛けています。そうして、人工知能の進化が極まると、人類に多様な恩典がもたらされるでしょう。

話し相手としてアイボを愛玩し、コミュニケーションを楽しみ、癒されている現実もあります。そして全てがロボットに取って代わられてしまうのでしょうか。考えてみると人が人と直に会話できるのはなんと有難いことでしょう。
人は人によって癒されると言い、エステやマッサージによる心地良さは、皮膚に触れる速度が秒速五センチ程の緩やかさが最良とされます。医師が触診する機会が少なくなり脈を見るのも医療機器が代用します。手当の意味が変化したのです。病院は現行の機能から、二〇二五年には七十五歳以上の人が三分の一以上を占める超高齢社会となる対応として、入院患者ができるだけ早く自宅に帰れるよう、体制を変えて在宅医療で支える方向に進もうとしています。

北海道新幹線が開業した日、私は地域のボランティアセンターにいました。病院や施設から高齢者があふれかねない現今の「施設から在宅へ」の流れに対応する傾聴ボランティアの勉強会です。個人宅訪問傾聴を先発している都内の社会福祉協議会とそこで活躍している団体の、良否硬軟取り混ぜての事例発表は、独居者や悩める人々に希望を与えるものでした。荒川区社協の調査によれば、傾聴ボランティアに繋がるきっかけはケアマネジャーや相談員等事業所関係者からがトップで、地域包括、家族、施設、社協、区、民生委員と続き、本人からはわずか一％です。自ら繋がる力の弱くなった高齢者には、「大きなお世話」を焼く人が必要で、その人に「恩送り」がやがて巡って来ると信じます。願わくばロボット傾聴より天日干しの味がする傾聴者につながりますよう。

刊行にあたり素材を提供して下さった方々、著作物の引用をご承諾下さった方々、並びにけやき出版の宮前澄子さんと酒井杏子さんにお礼申しあげます。

遠藤忠雄

平成二十八年　皐月

遠藤忠雄（えんどう　ただお）
1942（昭和17）年　千葉県袖ケ浦市生まれ。
東証一部上場ホテルで、米国式のホテル経営を学ぶ。
ホテル二社の開業に参画。リゾートホテル、都市ホテルに勤務。
旅行会社役員、ホテル役員、商社系不動産管理会社勤務。
現在、福祉施設、個人宅等で傾聴ボランティアとして活動中。
著書：『ホテル屋の伝言』『傾聴ボランティアノート』

暮らしと傾聴

2016年7月7日　第1刷発行

著　者　遠藤　忠雄
発行所　株式会社 けやき出版
〒190-0023 東京都立川市柴崎町3-9-6 高野ビル
TEL 042-525-9909　FAX 042-524-7736
http://www.keyaki-s.co.jp
DTP　ムーンライト工房
印刷所　株式会社 平河工業社

ISBN978-4-87751-561-4　C0095
落丁・乱丁本はお取り替えいたします。